Herbert Heckmann

Herausgegeben von Heiner Boehncke und Hans Sarkowicz

Gedanken eines Katers beim Dösen

und andere Geschichten

SOCIETÄTS**VERLAG**

Am 18. Oktober 1999 starb Herbert Heckmann im Alter von 69 Jahren. Der in Frankfurt geborene Autor war ein umfassend gebildeter Schriftsteller, der auch als Professor Literatur unterrichtete. Als Präsident der Deutschen Akademie für Sprache und Dichtung von 1984 bis 1996 versuchte er die Verantwortung der Literatur für gesellschaftliche Veränderungen herauszustellen. Zu seinen bekanntesten Veröffentlichungen zählen neben den Romanen ‚Benjamin und seine Väter' und ‚Die Trauer meines Großvaters' seine teilweise autobiographischen Erzählungen, die in ihren vielfältigen Formen und Inhalten die ganze Weite seines literarischen Könnens zeigen.

Der Band versammelt die schönsten und eindrucksvollsten Geschichten, die zwischen 1958 und 2000 in Büchern und Zeitschriften erschienen oder im Hessischen Rundfunk gesendet wurden. Ein Teil der Erzählungen wird erstmals in gedruckter Form veröffentlicht.

Die beiden Herausgeber Heiner Boehncke und Hans Sarkowicz haben als Redakteure des Hessischen Rundfunks viele Jahre mit Herbert Heckmann zusammengearbeitet. Ihr Buch ‚Literaturland Hessen' ist Herbert Heckmann gewidmet.

Alle Rechte vorbehalten • Societäts-Verlag
© 2009 Frankfurter Societäts-Druckerei GmbH
Schutzumschlaggestaltung: Katja Holst, Frankfurt am Main
Satz: Nicole Proba, Societäts-Verlag
Druck und Verarbeitung: Bercker Graphischer Betrieb GmbH,
Kevelaer
Printed in Germany 2009

ISBN 978-3-7973-1157-3

Inhalt

Ein Stiller im Lande

Erst die Nachwelt entscheidet, ob ein Genie mit Recht verkannt wurde.

Ich lernte den Dichter Gustav Wesen auf einer Abendgesellschaft von Herrn Dr. h. c. Friedrich Rasp kennen, einem feinsinnigen Taschentuchfabrikanten, der, wenn es ihm die Zeit erlaubt, sehr viel für die Kunst tut. Er besitzt übrigens eine viel bewunderte Schmetterlingssammlung, hält sich ein Rennpferd und eine Geliebte und hat noch Muße, auf Spaziergängen im Schwäbischen mit Gustav Wesen über Gott und das Schöne zu plaudern. Er war ein Mensch, der zuzuhören verstand, wenn ich auch den Verdacht hatte, dass bei ihm das Interesse über sein Verständnis hinausging. Er verehrte Gustav Wesen über alles.

„Sie werden sehen", sagte er mir einmal, „das ist ein ganzer Künstler, wie er selten geworden ist. Nicht so wie Grass und Hochhuth oder wie sie alle heißen mögen, die kein Deutsch mehr schreiben können."

„Man hört aber sehr wenig von Gustav Wesen", warf ich ein.

„Weiß ich, weiß ich", beruhigte er mich, „von einem Hölderlin wusste man damals auch nicht sehr viel – und wie steht er heute da." Er zog die rechte Augenbraue hoch, oder war es die linke, und fuhr fort: „Erst die Nachwelt entscheidet über die wahre Größe."

Überraschenderweise entsprach Gustav Wesen haargenau meinen Vorstellungen, die ich mir auf Grund der Bemerkungen von Friedrich Rasp gemacht hatte. Er war mittelgroß, eine schlanke, etwas vorgebeugte Gestalt mit ruhelosen Armen. Ich schätzte ihn zwischen 40 und 60. „Wesen", stellte er sich vor und schaute mich mit großen Augen an, die unendlich gelangweilt dreinblickten. Ich sagte meinen Namen, als ich seine Hand schüttelte. Es schien ihn zu belästigen. Er wandte sich mit einem entschuldigenden Lächeln wieder der Dame zu, mit der er sich unterhalten hatte, und ich hörte, wie er sagte: „Drei Tage war ich grässlich krank und wollte keinen Menschen sehen. Ich konnte den Anblick der fotografierenden Touristen nicht mehr ertragen. Man sollte im Winter nach Italien fahren. Dann ist das Licht am schönsten. Ich feiere gern Weihnachten in Rom. Sie sollten das auch einmal tun. Ich finde, dass die römischen Priester nach Weihnachtsgebäck duften."

Rasp nahm mich zur Seite und fragte: „Nun, wie gefällt Ihnen unser Dichter? Er hat bezaubernde Einfälle. Die Frauen liegen ihm zu Füßen. Er nennt sie ‚die sanften Polster des Ruhms'. Sie sollten einmal über ihn schreiben. Hier haben Sie wirklich einen Dichter."

Ich sah zu Gustav Wesen hin. Er hatte das entzückte Gesicht eines kleinen Jungen, der eine saftige Kirsche stiehlt. Es war gar nicht so leicht, Material über Gustav Wesen aufzutreiben. Er zog den Schmollwinkel der Innerlichkeit dem Marktplatz der Publicity vor. Er war, wie Gottfried Keller einmal sagte, einer von den Stillen im Lande. Rasp gab mir, was er hatte, den Rest beschaffte ich mir aus Bibliotheken und aus Zeitungsarchiven. In Gesprächen mit seinen Freunden und Feinden stellte ich fest, dass Gustav Wesen ein Meister der Mystifikation sein musste. Er erzählte jedem etwas anderes, liebte vielsagende Andeutungen und ließ sich nie gern festlegen. Schon sein Elternhaus stellte mich vor große Rätsel.

Gustav Wesen wurde mit ziemlicher Wahrscheinlichkeit am 7. April 1920 als Sohn des Kostümverleihers Hubert Wesen und dessen Ehefrau Friederike, geborene Wunschsiedel, in

Berlin geboren. Fritz Martini indes behauptet in seinem kleinen Aufsatz ‚Das Wagnis der Stille' (eine biographische Studie über Gustav Wesen, Tübingen 1956), dass der Vater höchstwahrscheinlich Offizier gewesen sei. Ich konnte keinen Beleg dafür finden. Eine Tante des Dichters, die ich in Frankfurt aufsuchte und die, wie ich zugeben muss, sehr schwerhörig war, erklärte mir mit lauter Stimme: „Der Vater vom Gustel war Amtsrichter in Potsdam. Er hat sich später von seiner Frau getrennt. Sie müssen wissen, meine Schwester war eine sehr schöne Frau und hatte viele Anbeter. Was aus Hubert geworden ist, weiß ich nicht. Er hatte schöne Haare."

In einem Lebenslauf, den Gustav Wesen kurz vor seinem Abitur verfasste, steht in steiler Schönschrift: „Ich wurde am 7. April 1920 als Sohn des Exportkaufmanns Johann Wesen geboren. Meine Mutter war Schauspielerin. Als ich vier Jahre alt war, kam mein Vater bei einem Jagdunfall ums Leben." So weit der Lebenslauf, der als eine frühe Erzählung des Dichters gewertet werden muss. Ich verlasse mich auf die Eintragung im Geburtsregister. Hermann Pongs erwähnt in einer Fußnote seines Buches ‚Dichter des Lichts' (Gütersloh 1954), dass die Mutter nicht eine geborene, sondern eine verwitwete Wunschsiedel sei. Über den ersten Mann konnte ich jedoch nichts finden.

Gustav Wesen war ein schwächliches Kind, das alle interessanten Kinderkrankheiten durchlitt, die die moderne Medizin kennt. Thomas Mann hätte ihn mickrig genannt. Kinderbilder zeigen ihn mit einer Ponyfrisur, einem Matrosenanzug, wie es damals die knäbische Mode war, und großen dunklen Augen. Er wuchs bei seiner Tante auf, einer Schwester seiner Mutter, die mit ihrem Mann und einem Dutzend Kanarienvögeln ein hübsches Haus in Berlin-Grunewald bewohnte. Kinder blieben ihr versagt. Ihr Mann nahm kaum teil an ihrem Leben. So bereitete sie allein mit Hilfe einiger kinderliebender Freundinnen Gustav Wesen auf die Schönheiten des späteren Lebens vor. Mit anderen Kindern kam er nur sehr selten in Berührung. „Mach dich um Gottes willen nicht schmutzig, sonst bekommst du einen Ausschlag", ermahnte ihn die Tante. Die Angst vor Schmutz wurde zum Leitmotiv seines Lebens.

Der Trieb zum Schreiben, der wie der Liebestrieb in die Zeit des ersten Bartes fällt, stellte sich bei Gustav Wesen schon früher ein. Als zarter Achtjähriger verfasste er artige Gelegenheitsgedichte für Geburtstage und andere Familienfeste. Ein Gedicht auf den Tod eines Kanarienvogels hat sich erhalten. Es kündet von frühem Schmerz. Seine Beobachtungen, Gedanken und Träume schrieb der junge Dichter mit grünem Stift in ein Notizbuch. Über seine ersten Gedichte, die später in einem Privatdruck erschienen, ist nichts anderes zu sagen, als dass sie ziemlich korrekt gereimt sind. Will Vesper jedoch glaubte, in ihnen schon den Huf des Pegasus erkennen zu können. Er zitiert in seinem kleinen Essay ‚Junge Helden des deutschen Geistes‘ (‚Die Neue Literatur‘, 3. Heft 1940) eine besonders charakteristische Strophe:

> Deutschland hat ewigen Bestand,
> Es ist ein kerngesundes Land;
> Mit seinen Eichen, seinen Linden,
> Werd' ich es immer wieder finden.

Es muss Will Vesper wohl entgangen sein, dass diese Strophe aus einem Gedicht von Heinrich Heine stammt, den Gustav Wesen mit großem Erfolg für seine Tanten plagiierte. Seine Mutter sah ihn nur selten. Sie überhäufte ihn mit Geschenken. „Du siehst blass aus, mein Kleiner, du wirst mir doch kein Mauerblümchen werden", sagte sie oft zu ihm. Er schrieb alles, was seine Mutter sagte, in sein Tagebuch.

Im Frühjahr 1930 kam er in die Sexta des Französischen Gymnasiums zu Berlin. Er hatte oft Nasenbluten und litt unter seinen Klassenkameraden, die ihn „die Großtante" nannten. Sein ehemaliger Deutschlehrer, den ich aufsuchte, konnte sich noch gut an ihn erinnern. „Natürlich kenne ich den kleinen Gustav Wesen noch, war ein verträumtes Bürschchen mit einem Kopf voll seltsamer Einfälle, war oft krank und kaute an seinen Fingernägeln, klappte zu Hause wohl nicht ganz. Was wohl aus ihm geworden ist?"

Ich sagte es ihm, was den alten Schulmann gar nicht sonderlich beeindruckte. „Hätte eher etwas Hochstaplerisches von ihm erwartet!"

Freunde schien Gustav Wesen damals keine gehabt zu haben. Ein Mitschüler von ihm, den ich ausfindig machte, berichtete mir: „Ich kann mich dunkel an den Wesen erinnern, ein blasser Kerl, der während der Turnstunde Gedichte schrieb. Einmal wurde er dabei erwischt, aber er dachte nicht daran, seine lyrischen Produkte herauszurücken. Er verschluckte sie mit einem wollüstigen Lächeln." Im Jahre 1937 nahm ihn seine Mutter, die wieder geheiratet hatte, zu sich.

Mit seinem Stiefvater, einem Professor für Vor- und Frühgeschichte, kam Gustav Wesen sehr gut aus. Er legte seine extreme „lyrische Gimpelhaftigkeit" ab, wie er sich in seinem Tagebuch ausdrückte, und widmete sich männlicheren Tugenden. Er trat in die Hitlerjugend ein und stählte seine Beine auf langen Märschen. Das Vaterländische und verschiedene Liebesgefühle vereinigten sich bei ihm auf eine sehr glückliche Weise. Fotografien aus dieser Zeit zeigen ihn in kriegerischer Pose, die Hand am Koppelschloss, freilich wirkte er bei aller Wikingerhaftigkeit noch sehr neurasthenisch.

Im April 1938 druckte eine Berliner Tageszeitung ein Gedicht von ihm ab, das den Titel ‚Deutschland' trug. Einflüsse von Hölderlin und Stefan George sind unverkennbar. Josef Nadler hat das in seinem Aufsatz ‚Das Deutsche als Einbildungskraft des Dichters' (Wien 1944) klar erkannt. Er schreibt: „Gustav Wesen zeigt in seinen ersten Gedichten, dass man viel von ihm erwarten durfte. Noch stützte er sich auf große Vorbilder, aber sein untrüglicher Instinkt ließ ihn die echten Vorbilder wählen." Schon ein Jahr später erschien sein erster Gedichtband, dem er den Titel ‚Die große Weihe' mit auf den Weg gab. Das Bändchen, das nur 32 Seiten zählt, ist heute kaum mehr aufzutreiben und wird antiquarisch sehr hoch gehandelt.

In der Zeitschrift ‚Die Neue Literatur' brachte Will Vesper eine hymnische Besprechung. Er sagte unter anderem: „Verlangte man von uns, ein Wort zu finden, das die Haltung dieser Dichtungen umschreibt, so möchten wir sie die Dichtung einer neuen Männlichkeit nennen. Denn dieses Wort enthält zugleich: Knabenhaftigkeit, ewige Sehnsucht nach dem Abenteuer, Ernst, Verantwortung und eine gemessene Haltung des Herzens inmitten der Begierden. Gustav Wesen hat eherne Worte für seine aufbrechende Männlichkeit gefunden. Den wahren Charakter seiner Gedichte werden jedoch erst die Kommenden offenbar machen."

Das ist nur eine unter den vielen rühmenden Stimmen. Kritisch äußerte sich nur das ‚Trierer Volksblatt', das von einer leichtfertigen Verschmelzung von religiösen und vaterländischen Symbolen spricht.

Gustav Wesen schweigt heute über seinen Erstling. In einer Rede, die er 1962 vor dem Verein zur Pflege der Denkmäler in Niedersachsen hielt, sagte er: „Jede Zeit hat ihr Gebot, und dieses Gebot wird für den Dichter zum Auftrag seines Schaffens. Irrtümer sind nur Stufen zur Eigentlichkeit. Erst wenn die Dichtung von jeglicher Aktualität gereinigt ist, gewinnt sie ewige Geltung."

Der frühe Ruhm half Gustav Wesen wenig, denn er musste die Unterprima wiederholen. Seine mathematischen Kenntnisse reichten nicht aus – und da er in den Leibesübungen auch nicht gerade brillierte, waren seine Lehrer zu dieser pädagogischen Maßnahme gezwungen.

Den Rest seiner Schulzeit verbrachte er mit der Niederschrift eines Schauspiels, die leider verloren gegangen ist, was Benno von Wiese in seinem Buch ‚Die deutsche Tragödie als Katharsis' (Bielefeld und Bonn 1959, 5 Bände in 9. Auflage) bedauert. Zum Drama hat Gustav Wesen nie mehr zurückgefunden, wenn man von seinem Singspiel ‚Wir bauen eine Welt' absieht, das wohl in den Kriegsjahren 1942/43 entstanden ist.

Nach dem Abitur im Frühjahr unternahm er ganz allein seine erste Italienfahrt, die ihn von Florenz und Rom bis nach Paestum führte, wo ihn eine Fischvergiftung aufs Krankenlager warf. Sein Tagebuch dieser Italienreise, das erst nach dem Krieg 1952 in einem Stuttgarter Verlag leicht revidiert erschien, handelt zum größten Teil von dieser Fischvergiftung, die ihn dazu brachte, wie er bemerkte, über den Tod nachzudenken.

In der Eintragung vom 7. Mai 1939 heißt es: „Schweißgebadet wachte ich in der Nacht auf. Ich hasse es, dass wir so sehr vom Biologischen abhängen, von der immer gefährdeten Chemie unseres Körpers. Ich erbrach mich. Vom Fenster her der Duft der Lavandula angustifolia. Ich kann mir meinen Tod nicht vorstellen."

Gustav Wesen hat dem Tagebuch eine erläuternde Bemerkung vorangestellt, in der er die Vermutung wagt, dass er in Paestum wohl die Katastrophe des Krieges vorausahnte. Geschwächt kehrte er nach Deutschland zurück und beschloss, Kunstgeschichte und Philosophie zu studieren. Jedoch vereitelte der Krieg vorerst seine akademischen Pläne. Er wurde Soldat und glaubte, wie er seinem Tagebuch anvertraute, in einer großen Zeit zu leben. Eine Lungentuberkulose, die sich sehr bald einstellte, führte ihn wieder ins zivile Leben zurück. Während eines längeren Sanatoriumaufenthaltes in Oberbayern entstand sein Gedichtzyklus ‚Bausteine sind wir‘, in dem er, wie Rudolf Koch in einer Besprechung sagte, „das Schicksal der Deutschen in einfacher, unmissverständlicher Sprache besang“. Er fährt fort: „Manchem mag es ein Wagnis scheinen, mitten im Krieg einen Gedichtband zu veröffentlichen, sind doch alle unsere Kräfte und Gedanken auf Kampf und Sieg in dem großen, entscheidenden Freiheitskampf unseres Volkes gerichtet. Ein höheres Ziel des Kampfes gibt es nicht als: deutsches Wesen nach außen und nach innen zu entfalten. Wir wollen, nachdem wir Jahrhunderte hindurch dem Fremden nachgelaufen sind oder uns gespalten und untereinander bekämpft haben, wieder ein Herrenvolk, wieder unserer eigenen Art gewiss und froh werden. Wir wollen mit einem Wort wieder Deutsche sein, ganze Deutsche und nur Deutsche.“

Auffallend an den vielen, meist positiven Besprechungen ist die Tatsache, dass sie sehr wenig über Gustav Wesens Gedichte, umso mehr jedoch über das Deutsche schlechthin sagen. Der Titel ‚Bausteine sind wir‘ mag diese Abschweifungen gefördert haben.

Gustav Wesen verkündete 1947 in einer autobiographischen Skizze, die er unter dem Titel ‚Mein anderes Ich‘ herausbrachte, dass man ihn damals falsch verstanden habe. Diese Äußerung wurde von vielen seiner Bewunderer nach 1945 aufgegriffen. So schreibt Hermann Pongs: „Wahre Dichtung erstickt nicht im Zeitgeschehen. Sie weist vielmehr über dasselbe hinaus und offenbart das Eigentliche der Zeit.“

Für seinen Gedichtband ‚Bausteine sind wir‘ erhielt Gustav Wesen 1943 den Silbernen Lorbeer der Deutschen Akademie. In seiner Preisrede gedachte er der deutschen Sprache, die ihn zu seinen Gedichten beflügelte: „Sie muss dem gotischen Dom und der Fuge Bachs gleichen. Aus einer Fülle rationaler, effekthascherischer, kausaler Wendungen und Satzgefüge ist in bewusster Einfachheit ein Stil entstanden, der eben deutsch ist. Vermeiden wir Satzperioden, die sich endlos dahinschlängeln, um schließlich in Unverständlichkeit oder Unklarheiten zu enden. Das Wesentliche soll in einem für sich gegliederten Hauptsatz markant und bestimmend zum Ausdruck kommen." Diese Rede wurde von Herbert Seidler 1956 in das Lesebuch für höhere Schulen, ‚Erbe‘, vierter Band, aufgenommen.

Gegen Ende des Krieges schwieg Gustav Wesen. In der schon erwähnten autobiographischen Skizze ‚Mein anderes Ich‘ erläutert er sein Schweigen und spricht davon, dass seine Vorstellungen von der Elite sich nicht mit der Wirklichkeit des Dritten Reiches deckten. Er beendete seine Studien mit einer Dissertation über die Bedeutung der Rose in der gotischen Malerei, die in der Reihe ‚Von deutscher Art‘ erscheinen sollte, jedoch bei einem Fliegerangriff vernichtet wurde. Sie habe, so äußerte sich Gustav Wesen in einem Interview mit dem ‚St. Galler Abendanzeiger‘, die heutige Emblemforschung vorweggenommen.

Im Dezemberheft der ‚Neuen Literatur‘ 1944 veröffentlichte Will Vesper einen sehr rüden Artikel unter der Überschrift ‚Warum schweigt Gustav Wesen?‘.

Gustav Wesen ließ die Frage unbeantwortet. Eine Erwiderung verfasste er erst nach dem Kriege und gab ihr den Titel ‚Abrechnung und Besinnung‘.

Das Kriegsende überraschte ihn in Frommelshausen an der Brach, wohin er aus dem chaotischen Berlin geflohen war. Die Familie seiner späteren Frau Caroline von Kunersdorf besitzt dort ein kleines Barockschlösschen. Dort erholte er sich von einem Nervenfieber. Zu dichterischen Arbeiten fand er nicht die Kraft. Er widmete sich alchimistischen Studien, zu denen ihn die reiche Bibliothek des Schlosses ermunterte. Auch war er im Garten tätig, schnitt die Rosenstöcke und beobachtete das Wachstum der Natur im Frühling. Als die vordringenden Amerikaner die Ruhe Frommelshausens störten, schrieb er in sein Tagebuch: „2. Mai. Die Remontant- und Pernetianarosenstöcke sind schon sehr weit. Wir sahen viele Flüchtlinge. Keiner weiß, was die Zukunft bringt. Am Morgen gab es keine Milch. Die Bauern sind mit ihrem Vieh aus dem Dorf gezogen und haben sich im Wald versteckt. Die Wegbäuerin soll Erscheinungen gehabt haben. Den einfachen Menschen hilft der Aberglaube über das Furchtbare hinweg. Am Nachmittag hielten amerikanische Panzer vor dem Schlosstor. Einige Soldaten drangen in das Haus und suchten Waffen. Ein Offizier, der sehr gut französisch sprach, bewunderte die Bibliothek. Er ließ eine Packung Zigaretten zurück, über die ich mich mit Caroline hermachte. Der würzige Tabaksduft weckte wehmütige Erinnerungen. Meine Mutter war eine starke Raucherin."

Das Tagebuch wurde ihm in dieser schweren Zeit zum Trost. Die Formulierungen triumphierten über das Chaos. Im Spätsommer heiratete Gustav Wesen Caroline von Kunersdorf, und am 7. Mai 1946 wurde ihm eine Tochter geboren, die er Irene nannte. Das häusliche Glück machte ihn zuversichtlicher. Er veröffentlichte im selben Jahr ein beschauliches Büchlein ‚Über die Anmut‘, das von vielen Kritikern als Hoffnungsschimmer in schwerer Zeit begrüßt wurde. Die erste Auflage war schnell vergriffen, eine zweite erschien mit Tuschzeichnungen des Dichters.

Es kam ihm jetzt zustatten, dass eine nationalsozialistische Zeitschrift ihn scharf angegriffen hatte. Sein beharrliches Schweigen in der Endzeit des Dritten Reiches wurde als Widerstand gesehen, als Protest der Stille gegen das Geschrei des braunen Pöbels. Zu seiner Verteidigung muss gesagt werden, dass Gustav Wesen nie behauptete, von den Nationalsozialisten verfolgt worden zu sein. Er äußerte sich überhaupt nicht. Seine Schrift ‚Abrechnung und Besinnung‘, die er übrigens Heidegger widmete, enthält wenig Konkretes und hat eher philosophischen Charakter. Sie analysiert in einer an Meister Eckehart geschulten Prosa die Stellung des Menschen im Kosmos. Bollnow bezeichnete sie als eine der existenziellsten Arbeiten nach dem Kriege, die das Menschsein als eine grundsätzliche Forderung begreife.

Ein pedantischer Studienrat aus Ulm wies freilich in einem in der ‚Neuen Zeitung‘ vom 7. März 1947 veröffentlichten Artikel nach, dass Gustav Wesen seitenlange Passagen aus einer obskuren Plotin-Übersetzung zitiere, ohne sie als solche kenntlich zu machen. Es ist das Schicksal so vieler deutscher Dichter, dass man ihre Originalität auf diese Art und Weise in Zweifel zu ziehen versucht. Gustav Wesen ist auf den Vorwurf des Studienrats nicht eingegangen.

Seine alchimistischen Studien fanden Niederschlag in seiner Novelle ‚Der Stein der Weisen‘, die heute noch in höheren Schulen wegen ihrer Problemstellung sehr beliebt ist.

Im von Gero von Wilpert herausgegebenen ‚Lexikon der Weltliteratur‘, Band II, schreibt der amerikanische Germanist George W. Kreisel, der übrigens ein Fulbright-Stipendium erhielt, um eine größere Forschungsarbeit über Gustav Wesen abzuschließen: „Die regressiv zivilisationsfeindliche, naturkultische Haltung Gustav Wesens repräsentiert sich mit dieser Novelle in einer Art legendarischer Verklärung.“

Im Herbst 1949 lud die Universität Heidelberg Gustav Wesen zu einem Vortrag ein, den er jedoch nicht vollständig halten konnte. Ein Hustenreiz unterbrach ihn. Die Studenten gaben ihm stehend Ovationen. Die Rede hat er später in seinen

Essayband ‚Wege und Wahrheit‘ unter dem Titel ‚Ein Wort zum Tage‘ aufgenommen. Sie handelt von der griechischen Tragödie und der Schuld und ist das beziehungsreiche Resultat einer intensiven Beschäftigung mit der vorsokratischen Antike.

Gustav Wesens Sophokles-Übersetzung erschien im Frühjahr 1951. Sie fand geteilten Beifall. Ein Kritiker pries sie als das Maximum an Griechisch, was die deutsche Sprache leisten kann. Karl Reinhardt nannte sie lakonisch „poetisches Gezitter".

Großes Aufsehen erregte Gustav Wesens Offener Brief an Thomas Mann, den er in der Weihnachtsnummer der Münchener ‚Abendzeitung‘ 1952 veröffentlichte. In ihm stehen die unmissverständlichen Sätze: „Der Emigrant beraubt sich seines Rechts, Kritik an seiner Heimat zu üben. Nur wer das Leid wirklich erfährt, darf seine Stimme erheben. Der Blick von außen sieht die Ereignisse nur verzerrt." Die Zeitung konnte nur einen Teil der Leserbriefe abdrucken, die das offene und wahre Wort begrüßten. Thomas Mann schwieg.

Die Entwicklung der deutschen Literatur nach dem Kriege ignorierte Gustav Wesen. Sein Publikum hielt ihm jedoch die Treue. In einem Brief an eine Freundin klagte er: „Vor lauter Briefschreiben komme ich nicht mehr zur eigentlichen Arbeit. Gestern lud der Briefträger, den ich stets mit einem Gläschen Kirschwasser mir ergeben halte, sage und schreibe 31 Briefe bei mir ab. ‚Herr Doktor‘, sagte er mir, ‚es ist nur gut, dass in meinem Bezirk nur ein berühmter Mann wohnt.‘ Eine Studienrätin aus Wiesbaden schrieb mir: ‚Wie viel glückliche Stunden verbringe ich mit Ihnen, welche Tiefen haben Sie in mir aufgerissen. Sie beschenken mich, ohne dass Sie es wissen.‘ (Sei nicht eifersüchtig.) Es ist gerade dieser Zuspruch, der mich an meiner Arbeit nicht irre werden lässt. Schicke mir doch bitte noch etwas von dem Büttenpapier, ich bin sehr glücklich damit."

Im Oktober 1959 erhielt Gustav Wesen den Großen Preis der Industrie, und zwar für seinen damals gerade erschienenen Roman ‚Der Knabe im Wappen', den Kunisch in seinem Buch ‚Die Literatur nach Stifter' als das tiefste Werk der Gegenwart pries. In ihm führte Gustav Wesen seine emblematischen Studien, die er in seiner Studienzeit begonnen hatte, zu dichterischer Höhe. ‚Der Knabe im Wappen' schildert die Schicksale zweier Liebenden, die nach vielen erotischen Wirren schließlich zu sich selber und zueinander finden. Robert Neumann wurde durch diesen Roman zu einer Parodie angeregt. Er gab ihr den Titel ‚Das Kind in der Badewanne'. Eine Beleidigungsklage Gustav Wesens wurde von einem Stuttgarter Gericht mit der Begründung abgewiesen, dass die Parodie im Grundrecht verankert sei. Robert Neumann erhielt mehrere Drohbriefe.

Ein schmales Bändchen von Übersetzungen japanischer Haikus erregte das Interesse des japanischen Germanisten Oguchi, der sich vergeblich bemühte, die japanischen Originale aufzutreiben. Die deutsche Kritik nahm kaum Notiz von dem Büchlein, nur die Reutlinger ‚Volksstimme' pries die Übersetzung als eine einmalige Verschmelzung von Ost und West. Oguchi schrieb mehrere Briefe an Gustav Wesen, die jedoch unbeantwortet blieben.

Im Jahr darauf veröffentlichte der Dichter den ersten Teil seines Tagebuches 1941–1955. Als Motto wählte er den Satz Heraklits: „Immer bleibt etwas haften." In einem Vorwort bemerkt Gustav Wesen: „Es kommt darauf an, aus dem Wirbel der Alltäglichkeit das herauszudestillieren, was die Zeit überdauert." Franz Schonauer notierte hämisch: Gustav Wesen habe sich aus allem geschickt herausgehalten, der Löwenzahn am Wege stelle ihn vor größere philosophische Probleme als etwa die Wiederbewaffnung der Bundesrepublik.

Die Fortsetzung des Tagebuchs erschien 1967. Sie enthält die Jahre 1956–1966. Gustav Wesen distanziert sich in ihm immer mehr von der Welt der Ereignisse und wendet sich der Welt der stillen Dinge zu. Es ist still um ihn geworden, und er scheint diese Stille zu genießen. Er arbeitet in seinem Garten, zieht Rosen und studiert das Leben der Schmetterlinge.

Friedrich Rasp erzählte mir vertraulich, dass bald ein neuer Gedichtband zu erwarten sei.

„Was lange reift, trägt gute Früchte", fügte er hinzu. Ich selber hatte wenig Glück, als ich versuchte, mit dem Dichter ins Gespräch zu kommen. Nur einmal, nach einigen Flaschen französischen Champagners, taute er auf und vergaß, wer ich war.

„Junger Mann", sagte er mir und glättete mit seiner rechten Hand sein dichtes Haar, „ich halte nichts von der grässlichen Banalität der heutigen Literatur, die nur das Aftergeschwätz einer aus den Fugen geratenen Zeit ist. Es gehört Mut dazu, nein zu sagen – und ich sage nein."

Friedrich Rasp bewundert diese Haltung. Er schickt Gustav Wesen jedes Jahr eine Kiste voller Trockenbeerenauslese.

Nachschrift: Wie man hört, soll Gustav Wesen demnächst den Konrad-Adenauer-Preis der Deutschland-Stiftung e.V. erhalten – eine verdiente, wenngleich späte Ehrung.

Heckmännchen

das (Salatschmock, Fettauge, Putterich, Wartemaleinweilchen) zweijährig, jedoch sehr zögernd und oft ausbleibend. Küchenkraut.

Blassrote Blüten in traubig-ährig angeordneten kleinen Esskörbchen. Fruchtknoten mit starker Haarkrone. Blätter in Suppenlöffelform, oberseits grün, unterseits schmalzweiß, aromatisch riechend. Stängel aufrecht, ästig ausartend, oft rötlich überlaufen.

Das Heckmännchen, das ebenso hoch wie breit werden kann, wächst mit Vorliebe in fettem, nahrhaftem Boden, zwischen Küchenabfällen aus Dreisternerestaurants; in Antiquariaten und alten Bibliotheken dagegen wuchert es. Der Samen ist, im Mörser zerstoßen, ein sicher wirkendes Mittel gegen Appetitlosigkeit, freilich besteht die Gefahr, dass diese dann leicht in Fresssucht übergeht, wofür es im Barock zahllose Beispiele gibt. Davon zehrt das Heckmännchen heute noch. In der Küche ist die Pflanze nicht mehr wegzudenken. Sie findet dort die vielfältigste Verwendung. Das frische Kraut, fein gewiegt, gibt dem grünen und dem gemischten Salat die abschließende Würze, vor allem jedoch auch dem Bildungssalat. In zu großen Mengen genossen, wirkt es stark entleerend, weswegen es wohl in der seit Goethe berühmten ‚Frankfurter Griene Soos‘ fehlt. Auch gute Würste und Pasteten erreichen ihre Vollkommenheit erst durch das Heckmännchen, eine Vollkommenheit, die der Verdauung das Letzte abverlangt. „Fast keine Speise ohne dieses Küchenkraut!", schrieb die Zeitschrift ‚Konkret' in einem Sonderheft (1972) ‚Die Gastronomie, eine Alternative zur Literatur?' und fügte hinzu: „In einer Zeit, in der den Schriftstellern nichts mehr einfällt, gehen sie in die Küche." Beachtenswert ist die Wirkung des Heckmännchens auf den Blutdruck, beziehungsweise auf die Aderverkalkung. Es macht den Puls langsamer und ruhiger, und eine heitere Apathie stellt sich ein, die nur zu oft als pure Lebensfreude missverstanden wird. In Hessen wird die Pflanze kultiviert, soll sie doch das Aussprechen der S-C-H-Laute erleichtern.

Nicht jeder schätzt jedoch die Küchenqualität des Heckmännchens. So schreibt Hans Egon Holthusen in seinem grundsätzlichen Buch ‚Pflanzen als Weghindernisse': „Das Überhandnehmen der Küchenkräuter in der abendländischen Flora beunruhigt mich. Wie viel lieber würde ich doch das Heckmännchen in einer bauchigen Vase sehen – als melancholische Schönheit, die ihrer Kindheit nachtrauert."

Jüngergarn

das ernste (Kriegerschnorz, Stilblüte, Immeraufrecht) ausdauernd, petrifizierend. Familie der Cerebriolen. Heilpflanze.

Vielblütige, aufrechte Ähre. Blüten preußischblau mit provinziellen Tupfen. Stängel meist khakifarben und verzweigt. Blätter in Form von Marschbefehlen. Die Pflanze wird von Offiziersanwärtern und lyrischen Haudegen bestäubt.

Wächst kerzengerade im Schwimmpflanzenbestand stehender Gewässer. Es liebt kalte, gedankentiefe Gewässer und Dom Pérignon. Man hat es aber auch schon in Schwimmanstalten für Männer angetroffen. Selten! Die Bildungsversicherungsanstalt Klett & Söhne hat vorgeschlagen, es unter Naturschutz zu stellen. Der brennend scharfe Saft der Pflanze soll für das Vieh stark giftig sein, besonders für Wiederkäuer. Hingegen fressen Kulturziegen das ernste Jüngergarn erwiesenermaßen recht gern und setzen geschmeidiges Fett an, das sie über den Winter ihrer eigenen Bedürfnislosigkeit rettet. Abgekocht und abgestanden ist der Saft für den Menschen unschädlich. Er verhilft zu einem aufrechten Gang, stärkt das Selbstbewusstsein, macht elitär und schärft den Blick für das Eigentliche sowie für das Verhalten von Insekten. Tacitus berichtet, dass die Germanen ihren Met mit dem Saft des ernsten Jüngergarns mischten, um furchtlos dem Feind gegenübertreten zu können. Tatsächlich reduziert der Genuss dieses Trankes den Sinn für das Wirkliche in dem Maße, wie er den Sinn für das Eigentliche weckt. Jobst Siedler spricht in seinem Buch ,Das, was übrig bleibt' vom subtilsten Rausch, den nur wenige auskosten können. „Man steht über den Dingen und nagt zur gleichen Zeit an ihren Wurzeln." Theophrast und nach ihm Arnfried Astel erwähnen nur die stark verstopfende Wirkung der Pflanze. Sie mache steif, unbeweglich und blassblütig. Franz Schonauer hat herausgefunden, dass die Widerstandskraft des ernsten Jüngergarns die Folge einer ungewöhnlich subtilen Anpassungsfähigkeit ist. Weiter stellt er fest: „Das ernste Jüngergarn muss als Heilpflanze angezweifelt werden. Sein Saft führt, längere Zeit eingenommen, zu einer Austrocknung des Zellengewebes. Er mumifiziert gleichsam den Körper zum Kriegerdenkmal." (‚Aufklärung tut Not oder: Was können wir wirklich von unseren Pflanzen erwarten?') Unbestreitbar ist die blutstillende Kraft des Heilkrauts sowie sein Gebrauch bei Wunden aller Art, Gewissensbisse eingeschlossen. Ein Elixier der Pflanze fehlte früher bei keiner Mensur. Das ernste Jüngergarn zählt zu den charakteristischen Pflanzen der deutschen Blütenlandschaft. Thomas Mann nannte es das deutsche Pflänzchen schlechthin. „Es ist ganz Gardeoffizier, adrett bis ins letzte Blättchen hinein, steif, hochmütig; das Flüchtige des Wassers raubt ihm keineswegs die Contenance. Ich sitze am Ufer des Pazifiks und gedenke seiner in kritischer Wehmut." Walter Boehlich dagegen lässt in seinem Buch ‚Was blüht uns denn da?' kein gutes Blatt an der Pflanze. „Dass das ernste Jüngergarn Wunden heile, ist nichts anderes als eine Kriegsanekdote, in Wirklichkeit macht es sie nur zu einem Ornament."

Lenzsiegfried

der (Immertreu, Fleißiges Lieschen, das goldene Mittelchen, Jedermann) ausdauernd, zuverlässig. Familie der commonsensiblen Importanzeen. Heilkraut.

Blüten hellrot, als Geschenkbouquet angeordnet, vasenbeständig. Obere Blätter bis fast zum Grund treuherzig. Aufrechter Stängel. Blattzipfel abgerundet. Die Pflanze wird wegweisergroß und tritt massenhaft auf. Bestäubt wird sie von Schulklassen und Mitgliedern von Buchgemeinschaften.

Wächst an Knotenpunkten des Interesses, als Humusbereiter des Vergangenen und vor allem in der Mitte, wo er eine ebenso heitere wie ernste Figur macht. Letzteres verleiht ihm eine Zuverlässigkeit, nach der Lehrer geradezu ihren Unterricht einrichten können sowie Väter ihre Lebensermahnungen. Die Pflanze hat von jeher große Aufmerksamkeit auf sich gezogen. So sagt man von ihr, dass sie den Geschmack der Milch der frommen Denkungsart abrunde und harte Kost bekömmlicher mache. Eine Abkochung des Krauts, der zur Hälfte Wein beigefügt ist, fördert den gesunden Menschenverstand. Auch bewirkt sie eine Befreiung von extremen Gefühlslagen, unterstützt das tiefe Atemholen, macht jedoch auf die Dauer selbstzufrieden und führt in den Schlaf des Gerechten. Der wirksamste Bestandteil des Lenzsiegfrieds ist ein ätherisches Öl, das eine stark ausgleichende Kraft hat und jede Links- und Rechtslastigkeit der Körperhaltung nach der Mitte hin reguliert. Walter Jens bemerkt in seinem Buch ‚Rhetorik der Blüten': „Der

Lenzsiegfried bewirkt eine körperliche Ausgeglichenheit par excellence, die man nicht unbedingt Langeweile nennen muss. Ein prickelndes Gefühl, wie es das Anhören harmloser Witze mit sich bringt, schafft gute Laune für alle Lebenssituationen. Die Pflanze hat aus ihrem Talent einen kleinen Bezirk gemacht – und ist da nie herausgegangen." Und Marcel Reich-Ranicki schreibt in seinem schon grundsätzlich zu nennenden Buch ‚Kraut und Unkraut‘: „Beim Lenzsiegfried weiß man, woran man ist – und nicht mehr."

Allgemein wird der Tee aus den getrockneten Lenzsiegfriedblättern zur Magenstärkung und inneren Erwärmung für das Nächstliegende getrunken. Die Pflanze gibt übrigens auch ein zuverlässiges Kraftfutter für das Vieh ab. Wegen ihrer Standorttreue ist sie leicht zu kultivieren. Sie soll sogar schon den Gummibaum in den Vorzimmern von Politikern verdrängt haben.

Trommelgrass

das gemeine (Zwergenkraut, der neue Gerhart Hauptmann, Wiesenschnauz, des Spießers Wunderhorn, Wunder von Telgte etc. – Rolf Michaelis glaubt, dass an der Vielzahl der Bezeichnungen die Beliebtheit der Pflanze abzulesen sei.) ausdauernd. Familie der satirischen Importanzeen. Heil- und Küchenkraut.

Dottergelbe Blüten in Pfannenform. Sehr ausgeprägte Griffel. Schnauzbartartige Blätter, die eine klebrige Substanz ausschwitzen. Insektenfalle. Große Kapselfrucht, die im Winde trommelähnliche Geräusche von sich gibt. Die Wurzeln lockern den Boden derart auf, dass schon mancher eingebrochen ist.

Das Trommelgrass war ursprünglich nur in der Gegend von Danzig anzutreffen. Seine Verbreitung nach Westen geschah lawinenartig. Der Pflanze haftet freilich noch immer der Kohlgeruch ihrer kaschubischen Heimat an, der Marienkäfer und Pfarrersköchinnen vertreibt. Heute findet man das Trommelgrass überall, und das soll etwas heißen. Keine Ausschmückung eines Festaktes ohne seine Blüten. Es ist landschaftsbestimmend und tritt meist derart massenhaft auf, dass die anderen Pflanzen ganz in den Hintergrund geraten. Die Pflanze liebt einen kleinbürgerlich durchsäuerten Boden, aus dem sie ihre reformerischen Blüten zieht. Diese stecken sich Politiker bei Wahlkampagnen an den Hut, um ihre Verbundenheit mit der Natur zu zeigen. Nachher werfen sie die Blüten wieder weg, was Willy Brandt mit der Bemerkung kommentierte: „Das Trommelgrass ist kein Schmuck für alte Hüte."

Die heilkräftigen Eigenschaften der Pflanze sind so vielfältig, dass Ärzte sie für und gegen alles empfehlen. In der deutschen Hausapotheke nimmt sie zweifellos den bedeutendsten Platz ein und fehlt in keiner Familie, die vom Puls der Zeit angeregt ist. Es werden mehr Dissertationen über sie geschrieben, als es zu ihrem besseren Verständnis dienlich ist.

Der Saft des Trommelgrass macht eine helle Stimme zum Mitreden und lindert reaktionäre Heiserkeit, treibt den Harn und laxiert. Auch beseitigt er bildungsbedingte Blähungen und die Fleischesunlust. Der Tee aus den Blüten soll das Wachstum stoppen und Zwerge größenwahnsinnig machen. Auf jeden Fall nimmt er die Ehrfurcht vor heiligen Dingen und drängt zu hemdsärmeliger Unmittelbarkeit, die sich auch nicht davor scheut, offene Türen einzurennen. „Das Trommelgrass", so schreibt Marcel Reich-Ranicki in seinem Buch ‚Kraut und Unkraut', „macht die Froschperspektive zum klassischen Ausgangspunkt. Da sitzen wir nun und warten auf den großen Sprung." Manche misstrauen der Heilwirkung der Pflanze. So bemerkt Dolf Sternberger in seinen botanischen Erinnerungen ‚Sternstunden eines Gärtners': „Die Redensart geht ‚Vorne getrommelt und hinten keine Soldaten'. Das scheint mir das Trommelgrass sehr gut zu charakterisieren. Eine gute Verdauung ist sicherlich eine wesentliche Grundlage der Gesundheit, aber schließlich leben wir nicht vom Bauch allein."

Auch in der Küche ist die Pflanze nicht mehr wegzudenken. Sie ist der beste Fleischersatz. Kinder benutzen den mausdreckgroßen Samen als Juck- und Lachpulver. Er soll auch die Pubertät beschleunigen und die Masturbation in vernünftige Bahnen lenken. Während der Korrekturen erfahre ich, dass eine künstlerische Nachbildung des Trommelgrass in Bonn auf dem Marktplatz aufgestellt wurde.

Diogenes

Man gebiert nicht, weil es Vergnügen macht.
Der Schmerz macht Hühner und Dichter gackern.

Nietzsche

Er hockte an der Straße, mit dem Rücken gegen eine Hauswand gelehnt, während die Welt an ihm vorüberfloss: Geschäftigkeit und Herumtreiberei, je nachdem, wie das Leben aufgefasst wurde. Neben ihm thronte eine Tonne, bauchig und bedeutungsvoll. Er konnte die Hand ausstrecken, ein paar Worte rufen: aber keiner widmete sich seiner nachdenklichen Verlassenheit und ließ sich neben ihm nieder, bereit, ein Gespräch aus dem Schweigen zu brechen. Er drückte den Hut tiefer über die Stirn, die ohnehin kaum grüblerische Höhe aufwies, und sagte leise zu sich: „Wie seltsam!"

Papier raschelte zu seinen Füßen, die Möglichkeit, einen Gedanken an eine feste Form zu ketten.

Da ereignete es sich. Ich wundere mich noch heute, wie es geschehen konnte, dass ein Auto plötzlich bremste. Ein gut sitzender Herr wankte bestürzt heraus und besah sich eine Hundeleiche, die, um das rechte Vorderrad gekrümmt, das Missfallen einiger Zuschauer erregte, die ungeachtet ihrer Pflichten einen Moment innehielten und den Schmerz über die geschändete Kreatur in zornigen Zurufen verrieten. Einige Fäuste richteten sich gegen den verlegenen Herrn, der sich niederbeugte, um sein Opfer näher zu betrachten.

Der Hund war tot, wie die ersten Augenzeugen feststellen konnten. Er war in Ansehung seiner Rasse keine Sonderbarkeit, und ein Tierfreund hätte Bedenken gezeigt, mit ihm über eine belebte Straße zu gehen, er war ein Hund, wie ihn wahllose Liebelei der Gattungsgenossen hervorbringt, ein Mulatte, wenn ein Leser das aufdringliche Wort ‚Bastard‘ vermieden haben will. Ein Polizist, der sich unterdessen einen Weg durch die Menge gebahnt hatte, schickte sich zur Interpretation des Deliktes an. Er übte sein Amt mit melancholischer Gelassenheit aus, als wäre jedwedes Gesetz nur bare Resignation. Der Tatbestand war gering und übersichtlich, Ausnahme und Muster zugleich, obwohl die bewegten Zuschauer ihr Mitleid mit dem Hund nicht unterdrücken konnten. Die Vorstellung beherrschte sie, dass einem bemitleideten Wesen nur Unrecht geschehen sein kann. Daran zu zweifeln wäre ein Verstoß gegen die gemeine Menschlichkeit, aber Vorsicht! Ich darf mir in der Darstellung keine gedankliche Abschweifung erlauben, wenn ich mir das literarische Wohlwollen meines Freundes Nick erhalten will.

Der Polizist war längst schon gegangen. Die Sache sei geringfügig, gab er einer erheblichen Dame zu wissen, die um Inhaftierung des Täters bat.

„Es hätte auch meinem Bill passieren können."

Es war keiner da, der der allgemeinen Empörung Ausdruck verliehen hätte. Den Hund hatte man an den Bordstein gelegt. Ein kleiner Junge schmiegte seine Hand an den erkalteten Körper und sagte:

„Er sieht aus wie Teddy."

„Ob sich Hunde das Leben nehmen?", fragte ein junger Herr und ging.

Da entstieg plötzlich Diogenes seiner Tonne, in die er wegen des starken Andrangs gekrochen war. Sein geistiger Ahnherr war Philosoph, er selbst nur tüchtiger Plagiator, ein Realist jedoch und Pedant, der, um historische Treue zu wahren, öffentlich onanierte. An Gedanken gebrach es ihm ebenso wie an der Einsicht, dass sich auch die Zeiten ändern. Trotzdem war seine Büchse nie leer, die er aus empfänglichen Gründen vor seine Behausung hingestellt hatte. Sein Publikumserfolg war in der ersten Zeit erheblich, wenn man von einigen Ausschreitungen der Jugend absehen will, die in ihm zuweilen den Statisten eines Schabernacks erblickten.

Sein antiker Überwurf, der seine Wanstigkeit nur schlecht verbergen konnte, verlieh ihm eine korpulente Würde. Er sprach nur in Aphorismen, die anzuführen sich nicht lohnt, weil sie ausschließlich Situationswert besaßen. Meist ist es auch nicht anders mit dem Gedruckten, das eine Ewigkeit beansprucht.

Der Täter war ein geruhsamer Herr, der in verlegener Unschuld dem Jungen einen Geldschein in die Hand drückte, stammelte Entschuldigungen und lüftete den Hut gegen das zahlreiche Publikum. Man blieb, und Diogenes setzte seinen ersten Satz in das betretene Schweigen. Der Herr stellte sich ihm vor und reichte ihm seine Karte mit bescheidener Galanterie und unaufdringlicher Höflichkeit. Aber Diogenes verharrte barsch und drohend. Die ihm angebotene Karte schenkte er einem, der im Begriff war, seine Partei zu ergreifen. „Das Recht ist auf Ihrer Seite, aber trotzdem verlangt das gerade äußerste Rücksicht. Sie haben einen Hund, der in Unkenntnis der Verkehrsgepflogenheiten die Straße überqueren wollte, überfahren, einen Hund, der ein Recht zu leben hat, wie Sie.“

Der bescheidene Herr erwiderte mit einer leichten Verbeugung:

„Ich bin gern bereit, dem Eigentümer eine Entschädigungssumme zu zahlen.“

Er öffnete die Brieftasche und griff mit sanften Fingern einige Scheine. Aber Diogenes, mit der Begeisterung der

Menge hinter sich, die aus unerfindlichen Gründen eine Abneigung gegen den korrekten Herrn gefasst hatte, ließ sich nicht durch das Geld beeindrucken, besonders deswegen, weil es nicht zu ihm fand. Und er fuhr fort, indem er seinen Überwurf hochraffte, wobei er sich hinten entblößte, was jedoch keiner vor Aufregung zum Anlass eines Gelächters nahm.

„Sie geben doch zu, dass das größte Recht das größte Unrecht sein kann."

„Ja schon", gestand der bescheidene Herr, „aber im vorliegenden Falle ist eine solche Überzeugung doch sehr gewagt, wenn nicht falsch."

Diogenes, schon ganz im Taumel seiner Argumentation, sah die Zeit gekommen, erzieherisch zu wirken. Lange genug war er der Wohltätigkeit anheim gefallen und nur wegen seiner unterhaltenden Abnormität geduldet. Jetzt ging es um ein Recht. Die Menge stand nicht nur körperlich hinter ihm. Er trat einen Schritt vor und sprach von der geknechteten Kreatur bis zur Grausamkeit des Menschen, der alles aufs Spiel setzt, weil er seine Ziele durchsetzen will, und unterließ es nicht, seine Dürftigkeit durchblicken zu lassen.

Der bescheidene Herr lehnte sich betroffen gegen seinen Wagen und erbleichte. Genau das erwartete Diogenes, der wusste, dass jede Einsicht des Sünders physiognomisch sich offenbart. Fenster gingen auf. Diogenes erhielt Zurufe. Der obere Rang schürte an, obwohl man dort nicht wusste, um was es ging. Als schließlich bekannt wurde, es ginge ums Recht, regnete ein Gejohle und Gegrolle herab, dass selbst der Geringste zum Helden emporgewachsen wäre.

Diogenes ließ seinem Gegner keine Möglichkeit einer Verteidigung: immer wieder ermuntert, sparte er nicht mit Hinweisen auf die Weltlage, die stets Anlass fortgesetzten Bedauerns gibt.

Dinge wurden als Symbole missbraucht. Diogenes stand an der Spitze. Längst war die Anklage in Sentenzen vorübergerauscht, der bescheidene Herr überführt, und da man es schlecht bei dieser Feststellung lassen konnte, ging man zur Tat über, stürzte das Auto um, Diogenes mit wehendem Gewand an der Spitze, schlug auf den Täter ein, Diogenes kämpferisch aufgestört: dann aber trottete er kraftgeschwellt zu seiner Tonne zurück und überließ dem Haufen weitere Maßnahmen. Er schaute indes nach dem Wetter und sickerte in Schlaf, beschattet von einer Wolke. Seine braunen Beine baumelten im Freien.

Der bescheidene Herr wäre fast das Opfer einer philosophischen Laune geworden, wenn nicht die Polizei endlich eingegriffen hätte. Er ging verbeult und verstaubt am Arm des Gesetzes aus dem Lichtkegel des allgemeinen Unmuts und dachte: ‚O Gott, und ich wollte nur meinen Mantel vom Schneider abholen.'

Es fragt sich noch, was die Zeitungen für Hintergründe aufdecken werden, um dem Ereignis irgendein Recht widerfahren zu lassen, wo es doch nur eine Lappalie war, wenn nicht einer gerade ein Fatalist ist und alles in den Sternen hängen sieht.

Robinson

Ein Mann hatte große Lust auszuwandern. Er verkaufte alles, soweit die Wertlosigkeit der Gegenstände nicht seine Barmherzigkeit anstachelte, packte eine vollständige Robinson-Ausgabe in Ölpapier – wegen der Unbeständigkeit des Klimas –, besorgte sich ein Schiff, das zum Untergang neigte, und fuhr nach Süden.

Es traf alles ein. Ein Orkan erhob sich. Das Schiff scheiterte. Er klammerte sich an eine Planke, die gerade so groß war, dass er den Kopf nachdenklich über Wasser halten konnte. In der linken Hand führte er das Buch in Ölpapier wie eine Flosse.

Das Glück einer Insel jedoch blieb ihm versagt, so sehr er sich auch um eine vom Meer umfriedete Einsamkeit bemühte. Er trieb dahin, bis die Wellen ihn so abgespült hatten, dass er wie ein Kieselstein zu Grunde schaukelte: eine Insel hoffend.

Abwechslung in einem Haus

Jemand, der des Lärms und der Menschen überdrüssig war und ein einsames Domizil suchte, ging auf die Annonce einer Zeitung ein, nach der ein abseits gelegenes, von einem üppigen Garten umgebenes Haus zum Verkauf frei wurde. Die erforderlichen Formalitäten waren für beide Teile peinlich, da der Verkäufer sich nur ungern von seinem Besitz trennen konnte und mehr von Geldnöten getrieben war, während der Käufer trotz seines guten Griffes in große Verlegenheit geriet, bei der Festsetzung des Preises seine Rechte geltend zu machen, da ihn die Traurigkeit des anderen beunruhigte. Immer wieder schweifte dieser ab und erging sich in wehmütigen Schilderungen der Gegenstände, an denen er Erinnerungen ablas, die bis in seine früheste Jugend reichten. Die vertrauten Dinge noch vor sich, gab er dem Drang nach und erzählte sein Leben, wobei er besondere Ereignisse öfters wiederholte. Der Kaufabschluss schien ihm eine ungebührliche Banalität, so dass er sich deswegen mehrere Mal entschuldigte.

Schließlich stand das Haus leer. Nur einiges Gerümpel lag umher, die Zimmer lagen staubig und öde, mit einem Wort: bereit, den neuen Hausherrn aufzunehmen. Dieser hatte unterdessen die seltsamsten Pläne ausgearbeitet, wie er sich am besten einrichten könnte. Zuletzt kam er auf den Gedanken, ein Zimmer nach dem anderen zu bewohnen, um von ihnen nach und nach die Umwelt zu einem Ganzen zu fügen, um immer das Besondere für eine gewisse Zeit genießen zu können, das ihm das Zimmer und sein Ausblick verschafften.

Hierbei kam ihm der baumreiche Garten zustatten, der die Aussicht mit Blattwerk belohnte. Mit solchen Reflexionen begann der neue Hausherr sich häuslich im ersten Zimmer niederzulassen. Das Gefühl einer Geborgenheit überfiel ihn, das freilich in der Meinung gründete, man besäße alles, was man sehe. Da er eine philosophische Natur war und seit Geburt zur Melancholie neigte, verlor er sich bald in Meditationen. Innerhalb der von ihm selbst ausgestatteten Einsamkeit wäre die Liebe einer Frau lästiges Dekor gewesen; solche Freuden vermisste er mit Absicht. In dieser mit gewissem Tiefsinn gepaarten Haltung war er stets dabei, endlosen Überlegungen nachzugehen, aus denen ihn nur einige Notwendigkeiten seines Daseins aufschreckten, die er mit sorgfältiger Pedanterie erledigte.

Nachdem er sein erstes Zimmer ausgewohnt und seine Umwelt von seinem Standpunkt bis ins Kleinste kennen gelernt hatte, packte er das Unnötigste zusammen und siedelte in das anliegende Zimmer über. Vorher hatte er freilich schon Pläne ausgearbeitet, wie er es am besten anfinge. Mit seiner nadelfeinen Schrift, die er bis zur Unlesbarkeit aneinander fügte, legte er seine Gedanken fest. Er konnte sich diese Weitschweifigkeit leisten, denn sein Talent zur Schriftstellerei half ihm, das Intimste an den Tag zu fördern. Indem er sein Innerstes nach außen kehrte, kam sein geplagtes Ich zur Ruhe.

Die Zeit nahm ihren Lauf. Nur selten fand er noch Muße, auf dem Klavier seine Empfindungen in die Stille zu hämmern. Er alterte, jedoch nicht ohne den ständigen Zimmerwechsel zu kultivieren. Maßgabe war allein der Überdruss.

Dank seiner Umsichtigkeit und seines Geschicks in handwerklichen Dingen konnte er jede Hilfe entbehren: und da er ohne Anhang in der Welt stand, wurde er nie von Besuchern belästigt. Jene Freunde, die von sich allein über die Freundschaft bestimmen und überaus verwundert tun, wenn sich jemand dagegen wehrt, sprachen oft über ihn wie über einen Eremiten, dessen Einsamkeit als Buße für die Menschheit durchaus verständlich und von einem nicht näher zu kennzeichnenden Standpunkt sogar zu begrüßen sei. Da er aber niemals etwas davon zu Gehör bekam – die Post gab er den Armen –, lebte er unbekümmert seine Melancholie. Die Tage flossen dahin, und mit der Zeit hatte er alle Zimmer bewohnt, bis auf die schiefwinklige Dachkammer, von der aus er nur noch den Himmel vor sich hatte. Seine Umwelt kannte er inzwischen wie seine Hosentasche, obwohl er das Haus nie verlassen hatte. Die Lage verwirrte ihn. Was war zu tun? Er scheute sich, noch einmal von vorne anzufangen, und gleichsam aus innerer Notwendigkeit kroch er mühsam, denn er war durch mangelnde Bewegung sehr unförmig geworden, aus der Dachluke und ließ sich fallen.

Erst viel später fand ihn der Milchmann laubüberdeckt und wie einen Mantel ausgebreitet am Boden liegen. Er schüttelte den Kopf und überließ ihn der Polizei, die einen Mord nicht für ausgeschlossen hielt.

Die Unsicherheit der Erdkruste

Er stieg mit einem Bernhardinerhund an der Leine in das Abteil, grüßte mit ausgesuchter Höflichkeit die Fahrgäste und ließ sich nach einigen Entschuldigungen wegen der Größe seines Hundes, der nur in Notfällen beiße, in einer Ecke nieder, wo er sich zunächst in eine Zeitung vertiefte, die er aber in kurzen Abständen wie einen Vorhang von seinem Gesicht nahm, um die Anwesenden mit einem strengen Blick zu mustern. Es wurde wenig geredet. Ein Herr sprach von Geschäften und eine Dame über Krankheiten, die anderen saßen in erwartungsvollem Schweigen, bereit, den erstbesten Gegenstand herzunehmen, über den sie schon längst eine Meinung gefasst hatten.

Plötzlich nahm sich der kleine Mann in der Ecke ein Herz, faltete die Zeitung mit liebevoller Sorgfalt zusammen, kam auf einige politische Dinge zu sprechen, spielte auf das Wetter an und verirrte sich schließlich in die Darstellung eines Erdbebens, das seit geraumer Zeit die Angst wachhielt. Er schloss mit dem Ausruf: „Ja, die Unsicherheit der Erdkruste gibt zu bedenken!" Das war das Signal zu einem erregten Gespräch, das in ausschweifenden Kreisen sich um die Unsicherheit der Erdkruste bewegte.

Der kleine Mann war bedacht, dass das Thema in Fluss blieb, streute zuweilen eine Bemerkung ein, führte einen Gedanken weiter aus, würzte mit Witzen und schürte das Entsetzen an, das die Fahrgäste mehr und mehr befiel.

Als er ausstieg, bedauerte man es. Er lüftete den Hut und ging am Hals seines Hundes.

Vor der nächsten Station, an einer abschüssigen Stelle, entgleiste der Zug. Erst viel später las es der kleine Mann in der Zeitung. Er war sich plötzlich seiner Macht bewusst, so sehr man ihm auch den Gedanken auszureden versuchte.

Eines dicken Mannes emsige Freuden

Und wie ich gebeugt beim Licht in
Süß- und scharfen Düften wühle,
Steigen auf ins Herz der Freiheit
Ungeheuere Gefühle!

Hugo von Hofmannsthal

Nicht genug konnte er haben. Seine Welt bestand aus Kochbüchern, Wohlgerüchen, einem mit allerlei Pfannen und Töpfen bemannten Herd und schließlich aus den schier unendlichen Zungengenüssen, die eine Ewigkeit für den Augenblick des Schmeckens vorgaukeln. Die Küche war sein Palast, in dem er unbehelligt regieren konnte: in einer durchaus absolutistischen Manier, wenn man seinen Vertilgungseifer in Erwägung zieht. Wenige Schritte, drei, vier, ein Schwanken mehr, brachten ihn von seinem Tisch zum Herd. Alles war so angeordnet, dass er keine überflüssige Anstrengung zu machen brauchte, während er seine Mahlzeiten inszenierte. Er thronte mit dem Sitzfleisch des Kolossalen zwischen seinen Vorräten und gab sich den entzückenden Vorbereitungen des Essens hin: – die Entkleidung einer Kartoffel, ach! Das Entblättern von Salaten, ei! Sinnlichkeiten. Es roch nach tausendfältigem Hunger.

In den Tisch war ein halbkreisförmiges Loch hineingeschnitten, in das sich das Übermaß seines Bauches glücklich hineinfügen konnte. Es ging halbwegs. So sehr er sich aber bemühte, mit dem Kopf reichte er nicht über den Tisch. Doch aß er mit der Hingebung eines großen Liebenden. Der Wein lag in Reichweite auf Eis, senile Jahrgänge, willkommenes Alter. Duftschwaden umwölkten sein Haupt.

Jede Gebärde brachte den Koloss in träge Schwingungen, die, an einem Ende begonnen, erst nach geraumer Zeit am anderen Ende zur Ruhe kommen konnten. Ein dicker Mann fürwahr, der nur den einen Ehrgeiz hatte, die Welt aufzuwiegen. Besucher ließ er durch ein barockes Fenster zu Wort kommen, ohne dass er den Mund von der Gabel nahm. Das Wachsen war seit undenkbarer Zeit in diesem Körper nur noch ein Fettansetzen. Dort, wo es der Zweck erheischte, hatte der Leib angebaut. Der Genuss bedurfte seiner Requisiten.

Die Abwechslung in den Speisen verfeinerte das Glück, wobei er sich jedoch weniger auf das Erprobte verließ als auf die Gerichte seiner Phantasie, die er mit dem Zungenschlag der Begeisterung vertilgte. Er wurde zum Dichter des Geschmacks, den er mit Oden, Hymnen und Elogen aus den irdischsten Stoffen beglückte. Er beherrschte die Instrumentation der Gewürze, ein Thema mit delikaten Geschmäckern zu variieren. Dabei war er nicht nur ein grober Ernährer, der aus seinem Magen eine Mördergrube macht. Keineswegs! Seine Mahlzeiten hielten nicht nur sein Leben in Gang, sondern beflügelten es auch. Für einen einfallslosen Fresser hatte er zu viel Majestät, vielleicht schon deswegen, weil es ihm nicht mehr gelang, Ehrenbezeigungen auszuüben. Die Dialektik der Verbeugung fiel weg, mit der einen Seite devot zu scheinen, während sich denen im Hintergrund nur der Hintern zeigte. Pardon: nennen wir es seine Erdanziehung. Auch der Genuss des Essens fordert Ewigkeit, pralle Ewigkeit. Wie muss man nicht die Sattheit übertölpeln: mit Kräutern und Gewürzen um Begehrlichkeit buhlen?

Was Wunder, dass seine vorwärts drängenden Gedanken am Fett zerschellten. Er kehrte träge zu seinen Töpfen zurück und braute über den süßen und scharfen Düften wollüstige Träume.

Fett war die einzige Empfindung, die er feilbot. Sein Antlitz war beruhigend. All die Ecken und Kanten des Charakters, der Leidenschaften oder gar des Schmerzes waren wohlgerundeten Linien gewichen. Die Bewegung des Kauens hatte physiognomischen Nachdruck erhalten. Den Hunger gewann er jeweils durch Warten zurück. Gefahr drohte nur im Einsturz des Hauses. Er hatte deswegen schon vorgesorgt und war ins Erdgeschoss gezogen. Eine Flucht war ihm unmöglich. Er wusste es und schaute zuweilen nachdenklich aus dem Fenster, vor dem Kinder spielten und sobald er sich blicken ließ „Ballon" schrien.

Die Gefühle konnten keine Breschen mehr nach außen finden. Er erstickte fast an seinem eingedämmten Leben. Ob das Essen ein Erkenntnisakt ist, ich will es nicht bestreiten - ihm war es jedoch unmöglich, etwas anderes aus der Welt noch zu erfahren. Das Wenige, das er noch wusste, brachte er in tausend Variationen mit öliger Stimme vor, gleichgültig schon, ob sich einer darum scherte oder nicht. Als Masse heroisch thronte er selbstvergessen inmitten von Tellern und Schüsseln. Der Gedanke, er sei jemals ein Kind gewesen, springlebendig und leicht – o Gott, er hatte zu viel Gewicht.

Das Geständnis

dem Andenken Marcel Schwobs

In der Amselgasse 9, in der gelegentlich der Milchmann zu Fall kam, weil er keine Milch trank, war ein grässlicher Mord geschehen. Eine alte Frau, die sehr zurückgezogen lebte und von der man nur wusste, dass sie geizig, schrullig und höchstwahrscheinlich sehr reich war, wurde mit einem Beil erschlagen und ihres Geldes beraubt. Die Bewohner des Hauses hatten nichts Auffälliges gehört und konnten dem Kriminalkommissar keine nützlichen Angaben machen.

Der Mord war gleich am Morgen entdeckt worden. Als der Schornsteinfeger, der sich bei der Frau den Schlüssel für die Dachkammer holen wollte, die Tür zur Wohnung offen fand, trat er ein und sah die Frau in ihrem Blut liegen. Die Schubladen der altmodischen Kommoden und Schränke, die eng aneinander gerückt nur wenig Platz in dem Zimmer ließen, lagen herausgerissen auf dem Teppich. Dichte Vorhänge dämmten das Tageslicht zurück. Neugierige stauten sich im Hausflur. Die Kinder wurden auf die Straße geschickt, wo sie Mörder und Opfer spielten. Der Kommissar fluchte und betrachtete die fleckige Tapete in dem Zimmer, das nach Mottenpulver und nach alten, sehr alten Blumen roch.

Plötzlich drängte sich eine Frau vor und schrie, sie wüsste, wer es gewesen sei, ja sie hätte den Mörder mit ihren Augen gesehen, wie er aus dem Hause geschlichen sei. „Ich kenne ihn", sagte sie, wieder ruhiger atmend.

„Wer war es denn?", fragte der Kommissar leutselig, im sicheren Glauben, eine Frau vor sich zu haben, die immer alles gesehen, gehört, gerochen und geahnt hat, je nachdem, was man wollte.

„Sie glauben mir nicht", erwiderte die Frau gekränkt. „Ich sollte Sie suchen lassen bis zum Jüngsten Tag."

Nun, sie hatte Recht, wenigstens sprachen alle Ereignisse dafür, dass sie Recht hatte. Man holte einige Häuser weiter einen jungen Mann aus dem Bett, forderte ihn auf, sich schnell anzuziehen, und führte ihn ohne Umstände in die Amselgasse 9 in die Wohnung der Ermordeten; dort, so glaubte man, würde er sich schon verraten.

Nach dem Zeugnis der Frau konnte nicht der geringste Zweifel darüber bestehen, dass der junge Mann der Täter war – und auch jetzt, drei Schritte vor der Leiche, schien er, dem unausgeschlafenen Aussehen nach, ein Mörder zu sein. Verstärkt wurde diese Gewissheit noch durch die Tatsache, dass er plötzlich die Hände vors Gesicht presste und unter lautem Schluchzen ein Geständnis ablegte.

Bis zu diesem Zeitpunkt war er ein sorgloser junger Mann gewesen, der sich nur in Gedanken Gedanken machte. Er liebte ein Mädchen, das in der Amselgasse 9 bei ihren Eltern wohnte, die es jedoch nicht gern sahen, dass ihre Tochter ihre Liebe diesem nichtsnutzigen Jüngling schenkte, der, um nachzudenken, spazieren ging, mehr noch, der gar Philosophie studierte. So bat der Vater eines schönen Tages seine Tochter zu sich und sagte, sie solle sich diesen jungen Mann aus dem Kopf schlagen, er kenne diese Art Menschen, sie hätten meist erhabene Vorstellungen, aber unseriöse Absichten. Tatsächlich drängte der junge Mann auf Erfüllung seiner Liebe, und das Mädchen kam den unseriösen Absichten ihres Geliebten durchaus entgegen, missbilligte jedoch unter Tränen die abgeschmackte Bezeichnung ihrer geheimen Wünsche. Das Verbot steigerte ihre Liebe – und eines Nachts, die Eltern waren verreist, empfing sie den Geliebten in der Wohnung bei gedämpftem Licht. Es war die Nacht, in der die alte Frau ermordet wurde.

Und jetzt, als der junge Mann vor der grässlich zugerichteten Leiche stand, sah er plötzlich wieder seine Geliebte vor sich, wie sie unter ihm mit abgewandtem Kopf erzitterte und kleine Schreie ausstieß, er sah wieder die ehrbaren Möbel im Dämmerlicht, die lauernden Familienbilder, die bestickten Kissen, die Michelangelo-Kopie, ach Gott, und die lächerliche Uhr, die mit ihrem gleichförmigen Fleiß die Lust in ihre engen Grenzen wies.

Und da geschah es, dass er fest glaubte, tatsächlich vor seiner Geliebten zu stehen. Er hob die Hände, presste die Knie aneinander und, ohne dass er sich dagegen wehren konnte, stammelte er, dass er es gewesen sei.

Man führte ihn ab. Die Polizei hatte große Mühe, ihn vor der erbitterten Menge zu schützen. Er ging, die Ellenbogen hochhaltend, an der Seite des Kommissars, der ihm kein Wort geglaubt hatte.

Aber selbst in der Untersuchungshaft blieb er bei seinem Geständnis, ja er erzählte Einzelheiten, die jeden überzeugen mussten, der es halbwegs mit der Logik hielt. Jedoch wurden weder die Mordwaffe noch das gestohlene Geld gefunden. In seiner Zelle ging er auf und ab, lächelte, wenn man ihm das Essen brachte, und lächelte, wenn man ihn zum Verhör abholte. Selbst als das Mädchen ihn besuchte und verzweifelt drängte, doch mit der Wahrheit herauszurücken, sie hätte alles erzählt, auch würde sie zu dem, was geschehen sei, stehen, schwieg er und tröstete sie wie eine Fremde. Der Kommissar versuchte ihn bei einer nachweisbaren Lüge zu ertappen, vergeblich.

Da der wirkliche Mörder nicht aufgegriffen wurde, kam es schließlich zur Gerichtsverhandlung, und der junge Mann bekannte sich schuldig. Er erzählte noch einmal den Hergang der Tat, ohne auch nur ein Wort gegenüber seinen vorausgegangenen Aussagen zu ändern, und nahm mit einer fast beschwingten Gelassenheit das Urteil an.

In dem Augenblick aber, als er flankiert von zwei Polizisten den Gerichtssaal verlassen wollte, sprang ein Mann in den hinteren Reihen hoch und schrie mit sich überschlagender Stimme:

„Er hat gelogen. Ich bin es gewesen!"

Der Richter hob hilflos seine Hände, schaute zweifelnd auf den Verurteilten und dann auf den Schreier, der sich einen Weg durch die Menge bahnte – aber noch ehe er etwas unternehmen konnte, rief der junge Mann, sich auf die Zehenspitzen stellend, um sich Gehör zu verschaffen, seine Lippen verzogen sich leicht zu einer Grimasse des Tadels: „Er ist wahnsinnig."

Und ging auf die Tür zu wie ein Schauspieler, der seine Rolle so überzeugend gespielt hatte, dass es ihm unmöglich wurde, in dieser Welt wieder er selbst zu sein.

Der Gewinner

Schon eine geraume Zeit beobachtete ich den vogelgesichtigen älteren Herrn im altertümlichen Frack, der fast bewegungslos vor dem Spieltisch saß. Mit dürren Finger, den Oberkörper asthmatisch vorgebeugt, verteilte er die Marken über die Felder, hüstelte wie in Gedanken, verkniff die dünnen Lippen und zuckte mit keiner Wimper, wenn er verlor oder gewann. Seine Augen traten leicht vor. Ich war nicht ganz sicher, ob sie überhaupt die Vorgänge am Spieltisch verfolgten – und doch taten seine Hände das, was der Augenblick des Spielgeschehens forderte. Es war das einzige an ihm, was sich bewegte, aber auch diese Bewegung war knapp und kam aus dem Handgelenk: der Oberarm schien an dem Körper angefroren. Ich fürchtete schon, mit meinem hemmungslosen Anstarren die Aufmerksamkeit des Spielers zu erregen, und trat etwas zurück, so dass ich die Runde besser übersehen konnte. Neben dem vogelgesichtigen Herrn stand ein ungewöhnlich schönes Mädchen, das dann, wenn es die Hand vorstreckte, sich über die Schulter des bewegungslosen Spielers beugen musste, dabei spähte sie jedes Mal in das starre Gesicht, ja es kam vor, dass sie absichtlich den Mann mit ihrem nackten Arm streifte. Ich bewunderte ihre Ausdauer: wie sie mit vielen weiblichen Listen ihn abzulenken versuchte. Sie spielte leichtsinniger und verlor mit kleinen Zornesschreien. Offensichtlich war sie diese Missachtung nicht gewohnt. Der ältere Herr, der, wie ich jetzt erst sah, eine weiße Rose im Knopfloch trug, hatte nur Augen für das Spiel: es lag eine Ruhe in seiner Gestalt, die mich geradezu reizte. Ich konnte das Mädchen gut verstehen, denn ich war selbst versucht, durch Grimassen den Spieler aus seiner Ruhe zu bringen, der Erfolg war, dass die anderen am Tisch mich mitleidig anlächelten. Sie hielten mich für einen schlechten Verlierer, der sein Unglück nicht für sich allein behalten konnte. Das Mädchen war einen Schritt zurückgetreten und prüfte in einem kleinen Spiegel ihr Gesicht. Ich verlor sie bald aus den Augen, andere traten an den Tisch, andere verloren: mich hatte der Verlust schon lange zum Beobachter verdammt. Schon wollte ich mich abwenden, als plötzlich der Spieler sich mit einem Ruck vorschob und dem Croupier bedeutete, er wolle für die nächsten Spiele auf die Nummer 17 setzen.

Seine Stimme schien zwischen den dünnen Lippen hervorzuhüpfen, dabei blähten sich seine papiernen Backen. Es machte ihm sichtlich Mühe zu sprechen. Seine Hände pressten sich an die Tischplatte. Er schwankte und lehnte sich in seinen Stuhl zurück. Seine Bewegungen waren herrisch und erschlaffend zugleich, so erschlaffend, dass ich schon dachte, er sei eingeschlafen. Seine Augen fixierten die Kugel: es war ein hypnotischer Blick, dem ich nicht gewachsen war. Ich sah auf die Uhr, verfolgte die routinierte Nervosität des Croupiers. Plötzlich riss mich ein Raunen aus meinen Abschweifungen. Die Kugel lag auf der 17. Das Gesicht des Spielers blieb maskenhaft. Seine Lippen waren spöttisch verzerrt. Ich glaubte eine Mumie vor mir zu haben, die regungslos wie eine in Kräuterschlaf versunkene ägyptische Gottheit auf dem unbequemen Stuhl thronte – über jede kleinliche Aufregung triumphierend.

Jeder eigenen Initiative beraubt, drängte ich mich neugierig vor und stieß rücksichtslos mit den Ellenbogen um mich, ohne auf den Unwillen meiner Opfer zu achten. Die Gesichter der anderen Spieler zwinkerten mit ihren hastigen Augenlidern, ihre Lippen flüsterten lautlos, ihre Hände verschlangen sich wie liebende Tiere, er aber blieb starr.

Das Spiel ging weiter. Rauch verwischte seine Gestalt. Ich konnte nicht erkennen, ob er lächelte oder nicht. Er musste wieder gewonnen haben, denn immer mehr Menschen drängten sich hinter ihm zusammen und tuschelten geheimnisvoll, manche gingen ihn ungeniert um Geld an: er rührte sich jedoch nicht. Seine Pose war so abweisend, dass er keiner Handbewegung bedurfte. Ich stellte zu meinem Entsetzen fest, dass ihn mein Anstarren nicht im Geringsten störte. Er gewann wieder und wieder – und alle waren derart fasziniert, dass sie zu setzen vergaßen. Der Croupier zögerte und sagte lauter als gewöhnlich: „Faites votre jeu." Es klang wie eine Herausforderung. Der Spieler rührte sich nicht – mit blicklosen Augen starrte er auf die tanzende Kugel. Ohne dass ich mich dagegen wehren konnte, identifizierte ich mich mit ihm, und ein Schauder von Kraft, Selbstbewusstsein und Angriffslust überfiel mich. Ich stellte mich auf die Zehenspitzen, um noch besser sehen zu können. Er gewann. Eine Frau fiel in Ohnmacht. Der Direktor eilte mit fliegenden Rockschößen herbei, verlegen die Hände reibend. Er tauschte einen kurzen Blick mit dem Croupier und trat dann vor den stoischen Gewinner.

„Meinen Glückwunsch, verehrter Herr. Ich würde mich freuen, wenn Sie mich in mein Büro begleiten könnten."

Ich stand noch immer festgenagelt von den Blicken des Spielers, der nicht die geringste Reaktion zeigte. Der Direktor wiederholte mit verstärkter Stimme, in der Meinung, einen Schwerhörigen vor sich zu haben, seine Aufforderung, aber auch diesmal erhielt er keine Antwort. Ich sah, wie er mit einer Geste des Ekels die Hand auf die Schulter des Gewinners legte – er schämte sich der Vertraulichkeit, die die Situation forderte. Aber er kam gar nicht mehr dazu, etwas zu sagen, denn der Spieler rutschte mit grotesker Langsamkeit vom Stuhl und glitt zu Boden. Ein Mann beugte sich über den Gestürzten. Ich konnte nicht sehen, was er tat, nach einer Weile tauchte er jedoch über dem Tischrand auf, sein Gesicht glänzte vor Anstrengung und mit einem Blitzen aus den Augenwinkeln sagte er: „Es besteht kein Zweifel, er ist tot." Er knöpfte seine Jacke zu und drängte die Neugierigen zurück. Der Direktor raufte sich vor Erregung die Haare und lief auf und ab. Es fiel ihm schwer, das Ereignis zu akzeptieren, und er nahm zu Worten ausgesuchter Weisheit Zuflucht. „Das kann nicht wahr sein."

Aber es war nachgerade kein Irrtum möglich, dass der Spieler tot war. Auch jetzt noch waren seine Augen weit aufgerissen. Sein Frack bauschte sich, und seine gamaschierten Schuhe zeigten anklagend in die Höhe. Man holte die Polizei, die auch nur den Tod und die Personalien des Toten feststellen konnte.

Was den Gewinn betraf, der, wenn man die Aufregung des Direktors in Erwägung zieht, sehr beträchtlich sein musste, so wollte man einen Anwalt zu Rate ziehen. Zweifellos wird es immer ein Geheimnis bleiben, ob der Spieler schon tot war, als er gewann, oder ob er vor Aufregung starb, als er die Glückssträhne hatte. Das Geld wurde, wie später in der Zeitung zu lesen war, für wohltätige Zwecke benutzt, da der Gewinner keine Angehörigen hatte. Auch fand man heraus, dass er sich den Frack am selben Tag geliehen hatte. Er bewohnte eine kümmerliche Dachkammer und hatte eine Katze, die jetzt allein auf Mäusefang gehen musste.

Der Selbstmord

die Todesart, die jemand in bewusster
Absicht und auf gewaltsamem Wege an sich
vollzieht.

Brockhaus

Ich hätte meine Hand dafür ins Feuer gelegt, dass er glücklich
war. Allerdings soll das nicht viel heißen. Ich lernte ihn durch
einen Freund kennen, der sich gern mit sonderbaren Bekannten umgab, um, wie er sich ausdrückte, seinen psychologi-
schen Studien nachzugehen. Ich hatte ihn in Verdacht, im
Innersten ein langweiliger Mensch zu sein, der Sensationen
brauchte, die ihn aus seiner Trägheit herausreißen könnten.
Er kam eines Tages zu mir und erzählte von seinem neuen
Bekannten Max.

„Stell dir nur vor, er läuft jeden Morgen in die Kirche und
betet: ‚O Gott, wenn es dich wirklich gibt, so lass mich nicht
gar zu unglücklich sein.' Dabei geht es ihm gut. Er wird geliebt,
nicht nur von sich selbst, er hat Geld, Verstand und Erfolg. Du
musst ihn kennen lernen. Man kann sich großartig mit ihm
unterhalten. Er hat alles gelesen."

Ich kannte diese Tiraden, mit denen er mir einen Menschen,
man verzeihe den Ausdruck, schmackhaft machte. – Meist war
nur die Hälfte wahr. Auch diesmal fühlte ich mich kaum versucht, sofort die Bekanntschaft von Max zu machen, der alles
gelesen haben sollte.

Sicherlich ist es ein aufgeblasener Schwätzer, der gern ins
Theater geht und stets das Richtige zu sagen weiß. Ich hasse

die Menschen, die immer das Richtige sagen, ohne sich dabei etwas zu denken.

Ich saß in einer verräucherten Kneipe, als ich Max kennen lernte, als er mit einem ungewöhnlich schönen Mädchen vor meinem Tisch erschien.

„Das ist Max", sagte unser gemeinsamer Freund.

„Es ist mir gleichgültig", erwiderte ich und beugte mich über die Hand des Mädchens. „Ich liebe Sie", flüsterte ich. „Wir sollten bald heiraten, sonst sprechen die Leute über uns."

Max war an der Stelle des Mädchens glücklich und reichte mir die Hand, die ich sehr heftig schüttelte.

„Ich habe gehört, Sie lesen sehr viel. Ich werde mich 14 Tage zurückziehen müssen, um mich mit Ihnen unterhalten zu können. Sie sehen einen Ignoranten vor sich, Max. Ich liebe nur Katzen und die Gedichte, die ich nie schreiben werde."

Max lachte. Es tat mir wohl, dass er lachte. Es war ein Lachen ohne Arroganz, das von einem Ohr bis zum andern reichte.

„Ich freue mich, Sie so gesund zu sehen", fuhr ich fort und betrachtete seine von der Nachtkälte geröteten Wangen. Leider schickte er das Mädchen sehr bald weg. So musste ich mich ihm ganz allein widmen, ihm, der alles gelesen hatte und mir zuliebe vom Essen sprach, ihm, der Gott darum bat, ihn nicht allzu unglücklich werden zu lassen. Ich sagte schon, dass er sehr gesund ausschaute, er war, auf eine fast unerträgliche Weise, das, was man einen Menschen auf der Sonnenseite nennt, Frauen würden sagen ‚zum Küssen'. Ich sage: ‚einschüchternd'.

Das Gespräch machte uns hungrig. Wir aßen zusammen Schnecken und tranken Rotwein. Mein Freund hatte ein neues Opfer für seine Psychologie gefunden. Ich war schon gespannt, was er wohl diesmal erzählen würde, aber bleiben wir bei Max. In dieser Nacht hörte ich zum ersten Mal eine Volksliedseele. Max sang hundertstrophig, und daraufhin ließ er die Welt untergehen, sah in den Kellnern Ausgeburten Luzifers, in den zufälligen Mädchen Engel des letzten Gerichts. Die Theke war der Thronsessel des Weltenrichters. In einem Spiegel sah ich mein Armsündergesicht. Als Max seine Sünden aufzählte, hielt ich ihn für den besten Lügner nach mir, das soll, wer mich kennt, etwas heißen. Er hatte eine satanische Erfindungsgabe. Schweigen wir darüber. Er musste mein zweifelndes Gesicht bemerkt haben, war ich doch eher geneigt, das Ganze für einen einmaligen Ulk zu halten. Er schlug mir auf die Schulter und sagte: „Du glaubst wohl, dass ich lüge, aber alles ist wahr." In diesem Augenblick erinnerte er mich an Ödipus, auch Nero könnte so dreingeschaut haben. Aber auch das hielt ich eher für eine Pointe und zwinkerte mit den Augen. Auf dem Heimweg, der sich sehr lange hinzog, weil Max offenbar vergessen hatte, wo er wohnte, blieb er plötzlich stehen und eröffnete mir nicht ohne Würde, indem er den flatternden Mantel zuknöpfte und sein Gleichgewicht mit einem Kopfnicken zu bewahren trachtete, dass er noch in dieser Nacht, er schaute auf die Uhr, seinem Leben ein Ende machen wolle. Seine Entschlossenheit tat er durch allerlei Gebärden kund, die ihn noch lächerlicher erscheinen ließen, als er schon war.

„So!", sagte ich lakonisch und begann nach Art eines Menukartenvorlesers die Kostbarkeiten des Lebens herunterzuleiern – mit all den Hors d'œuvres und Nachspeisen. „Ach Max", schloss ich, selbst ein wenig melancholisch und berauscht von der Trauer einer durchzechten Nacht, „schlafen wir erst einmal aus, um die Hähne einen neuen Morgen anstimmen zu lassen." Aber Max dachte nicht daran, meine Lebensweisheit zu akzeptieren, die ich auch nur den Buchstaben nach kenne, er starrte mich fassungslos an und stürzte davon. Die Natur hat mich mit geschwinden Beinen ausgestattet, so dass es mir nicht schwer fiel, ihn noch vor der Brücke zu erreichen. Mit Gewalt versuchte er sich von mir loszureißen, so dass ich mich gezwungen sah, ihn niederzuschlagen. Das bewog einige Zuschauer, sich meiner anzunehmen. Lassen wir die Einzelheiten. Ich rede nicht gern von meinen Niederlagen. Ich lag schließlich im Straßenschmutz, einen Schritt von Max entfernt, und blutete.

Max war es, der mich nach Hause brachte, Max war es, der mir half. Dass er sich das Leben nehmen wollte, hatte er vergessen. Ehe er sich jedoch von mir verabschiedete, sagte er: „Du bist fest überzeugt, dass ich allen Grund habe, glücklich zu sein. Ich habe das Etcetera eines vielversprechenden jungen Mannes. Alles, was ich anpacke, gelingt mir, ohne dass ich mich anstrengen müsste. Ich kenne keine Langeweile und keine Armut, aber immer sitzt mir das Messer an der Kehle." Er sagte es und verschwand. Ich war beunruhigt, hatte aber nicht die Kraft, ihm zu folgen.

In der nächsten Zeit las ich die Zeitungen besonders sorgfältig, aber Max wurde nicht erwähnt, andere starben und wollten es nicht.

Ich versuchte alles über Max zu erfahren, erfuhr aber derart Widersprüchliches, dass ich mir kein Bild von ihm machen konnte, er hatte viele Gesichter: freigebig sollte er sein und geizig, geistreich und ein Schwätzer, zurückhaltend und herausfordernd, ein Don Juan und ein Eisschrank, ein Sozialist und ein Deutschnationaler, bigott und ein Agnostiker; ich stellte mir ihn vor, wie er in der Kirche betete: ‚O Gott, wenn es dich wirklich gibt, so lass mich nicht gar zu unglücklich sein.' Konnte ich ihn mir überhaupt vorstellen? Man erzählte mir überdies, dass er schon oft, meist auf eine höchst komische Art und Weise, versucht hatte sich umzubringen, es sei jedoch jedes Mal misslungen. Alle Welt lachte über seine Abschiedsfeste und großzügigen Testamente. Max blieb am Leben und hatte jeden Grund, glücklich zu sein. Seine Eltern sollen sich sehr geliebt und ihren einzigen Sohn vergöttert haben. Was will man mehr? Mindestens ein Dutzend Mädchen hätte ihn sofort geheiratet, selbst auf die Gefahr hin, ein Leben lang unglücklich zu sein.

Ein anderer wäre unter solchen Umständen ein erfolgreicher, innig geliebter und bewunderter Mann geworden. Nicht so Max, der es vorzog, verzweifelt zu sein und gegen sich selbst zu wüten. Dabei hatte er, selbst gegen seinen Willen, Erfolg: seine Anzüge waren die besten, seine Krawatten eine Erlesenheit, seine Nase war ein griechisches Wunder, seine Stirn eine Erinnerung an Alkibiades.

Ich ließ Max nicht aus den Augen. In endlosen Gesprächen versuchte ich ihm das Geheimnis seiner Verzweiflung zu entlocken. Er wich jedoch geschickt aus, und dank seiner immensen Belesenheit hatte er stets etwas zu sagen. Er saß dann, meist mit verschränkten Armen, vor mir und schaute mich vorwurfsvoll an. Sein Wissensdurst, vielleicht ist das Wort etwas hoch gegriffen, nun sein Wissensdurst, seine Wanderungen durch dickleibige Bücher, verstaubte Folianten und zerlesene Schwarten, seine Neugier auf alles, was im Bannkreis des Todes lag, hatte die Ausmaße einer Völlerei, aber er genoss das Wissen nicht, er litt darunter.

An einem Sonntagvormittag im schönsten Herbst, als Väter für ihre Kinder Drachen steigen ließen und junge Mädchen zum letzten Mal ihre leichten Kleider anzogen – ich saß zu Hause und fütterte meine Katzen –, klopfte es heftig an meiner Tür. Noch ehe ich öffnete, wusste ich, dass es Max war. Er stand verlegen lächelnd auf der Schwelle. Ich forderte ihn auf, einzutreten. Er trug einen feierlichen schwarzen Anzug, in der Brusttasche ein weißes, sehr weißes Taschentuch. Ich begann ein sorgloses Gespräch, und er ging sofort auf meine Anregung ein. Ich hatte ihn noch nie so ausgelassen erlebt, ja ich hätte mich nicht gewundert, wenn er auf den Händen gegangen wäre. Sicherlich konnte er auch das.

„Was hast du Großes vor?", fragte ich ihn, als ich glaubte, es wäre an der Zeit, zum Thema zu kommen.

„Ich will mich von dir verabschieden", erwiderte er fast beiläufig. Diesmal gelang es mir nicht, ihn zurückzuhalten, auf all meine Argumente wusste er eine witzige Replik und gab sich sorglos. Plötzlich jedoch sprang er auf, winkte mir zu und stürzte aus dem Zimmer. Obwohl ich ihm nacheilte, in ausgetretenen Pantoffeln und mit offenem Hemd, war er verschwunden, als ich auf die Straße kam.

Einen Tag später besuchte ich ihn im Hospital. Er hatte sich vor ein Auto geworfen und war wie durch ein Wunder mit dem Leben davongekommen, ja er war noch nicht einmal schwer verletzt und lag lächelnd in den Kissen. Ich wollte ihm Vorwürfe machen, aber ich brachte es nicht über das Herz. Die eine Hand unter seinem Kopf, erzählte er mir verrückte Geschichten von verrückten Menschen, und es dauerte nicht lange und ich hörte ihm höchst interessiert zu. An sich selbst ließ er kein gutes Haar und bedauerte sein Missgeschick, keinen Abgang finden zu können.

Nun, ich konnte mir nur zu gut vorstellen, wie er, kaum gesundet und wieder bei Kräften, die nächste Gelegenheit wahrnehmen würde, sich das Leben zu nehmen. Ich konnte keine Brücke, keinen Fluss, keinen Gasherd und kein Messer unbefangen ansehen. Die ganze Welt schien mir eine furchtbare Waffe in den Händen von Max. Wenn mir doch ein einziges Argument einfallen würde, etwas, das mehr ist als kümmerlicher Trost, mehr als Allerweltsweisheit, mehr als frommer Wunsch und gesunder Menschenverstand, mehr als Selbstmitleid. Das Schlimmste ist, ich beginne Max zu verstehen, und es gelingt mir nicht mehr, eine Brücke einfach und gedankenlos zu überschreiten – auch lass ich mich rasieren. Ich hatte mein Leben in Verdacht, kein Leben zu sein.

Das Heimspiel

für Heinrich Droege

Er konnte es kaum erwarten. Schon um halb vier schaltete er die Fräsmaschine ab, wischte mit den Händen über die Hose und blies die Metallspäne von dem Aufspanntisch, so dass sie im Neonlicht aufleuchteten. Während er seinen Arbeitsplatz in Ordnung brachte, pfiff er zwischen den Zähnen.

„Ihr werdet den Kasten ganz schön voll kriegen!", rief ihm Wenzel zu, der an der Maschine neben ihm arbeitete.

„Hast du eine Ahnung! Unser Tormann ist der reinste Fliegenfänger. An ihm bleibt alles hängen, sag ich dir. Der hat schon Dinger gehalten, die andere gar nicht gesehen hätten. Mann, der Junge ist 'ne Klasse für sich."

„Und ich sage, dass ihr den Koffer voll kriegt!"

„Was verstehst du denn davon! Du hältst den Schiedsrichter ja für den Weihnachtsmann!"

„Paule, nun mal sachte! Ich hab schon Fußball gespielt, da hast du noch in die Windeln geschissen."

„Sage ich ja, Wenzel, du bist nicht mehr auf dem Laufenden."

„Spiel nicht den Experten. Du quatschst daher, als würdest du vor jedem Spiel den Ball aufblasen. Wir waren noch Amateure – das kommt von ‚lieben‘, wie ich einmal gehört habe. Wir waren also Liebhaber, Fußballliebhaber – deine Typen sind Profis – und das kommt von Profit. Die langen nur hin, wenn sie Moos sehen – sonst läuft bei denen nichts. Lass dir das gesagt sein, Paule. Ich kenne mich aus."

Paul zog seine Jacke aus und warf sie sich über die Schulter. Beim Weggehen sagte er: „Du wirst schon sehen. Heute Abend ist das Entscheidungsspiel. Wenn wir das gewinnen, sitzen wir auf dem ersten Platz – und von da oben sieht das Leben ganz anders aus."

„Du redest, als würde wer weiß was für dich dabei herausspringen."

„Wenzel, davon verstehst du nichts."

„Sag nur, du hast gewettet?"

„Gar nichts habe ich – ich bin nur 'n Sportsfreund, 'n Fan, der zu seiner Mannschaft hält."

„Da grüß mal den Schiedsrichter von mir!"

Paul war einer der ersten, die die Werkshalle verließen. Mit seiner Tasche unter dem Arm wartete er vor dem Gebäude. Als die Sirene ertönte, ging er auf das Ausgangstor zu.

„Mann, hast du's eilig!", sagte Gustav durch die Sprechmembrane seiner Glaskabine.

„Heute Abend ist das Spiel gegen die Kickers. Englische Woche, da gibt's nichts. Drück uns die Daumen!"

Gustav machte mit den zwei Mittelfingern seiner rechten Hand das V-Zeichen.

Paul ging erst gar nicht nach Hause, sondern zu Eddie. Eddie hatte die Fußballkneipe in der Straße, die zum Stadion führte. Bei Eddie standen schon die Sportsfreunde an der Theke und diskutierten die Chancen. Alle redeten durcheinander, stießen sich mit den Ellenbogen an, glühten vor Zuversicht. Paul warf seine Tasche auf einen Stuhl und drängte sich an die Theke.

„'n Großes und 'n Kleines, Eddie. Das wird 'n Spiel geben. Ich kann's kaum abwarten."

Eddie schob ein Glas unter den Zapfhahn und blinzelte Paul zu. Auf seiner Lederschürze glänzten Wasserflecken.

„Das haben wir noch nicht gewonnen!"

Die anderen protestierten.

„Fang nur nicht an zu unken, Eddie. Das Spiel müssen wir gewinnen." Eddie beobachtete, wie Schaum in dem Glas hochstieg.

„Ich spendier 'n Fass, wenn wir das Spiel tatsächlich gewinnen. Aber ich hab so 'n Gefühl, dass wir 'ne Bruchlandung machen."

„Hör auf mit deinen Gefühlen, Eddie, bring mir lieber noch 'n Pils. Wir werden es denen schon zeigen, verlass dich drauf. Das sagt mir meine innere Stimme."

Paul war glücklich.

Er goss den Korn in einem Schluck die Kehle runter und schüttelte sich in gespieltem Ekel.

„Vor großen Ereignissen bin ich immer durstig."

Einer schlug ihm auf die Schulter. Er stand auf Tuchfühlung zwischen den andern und fachsimpelte. Er schwitzte vor Begeisterung.

„Wir werden denen den Kasten schon voll hauen."

„Klar doch!"

„Der Conny spielt wieder mit: da kann doch nichts schief gehen. Im Training hat er gut ausgesehen."

„Als der wegen seiner Verletzung nicht spielen konnte, war unsere Mannschaft nur die Hälfte wert."

„Mit Conny machen wir die fertig!"

„Gib mir noch 'n Pils. Bei eurem Gequatsche kriegt man Durst."

„Meine Alte wird 'nen ganz schönen Zauber machen, wenn ich nicht nach Hause komme."

„Nach dem Spiel ist auch noch Zeit. Da bist du erst richtig in Fahrt."

„So ist es!"

„Mann, da kriegst du doch den Arsch nicht mehr hoch!"

„Und ich sage dir, Eddie, das gewinnen wir. Du kannst das Fass jetzt schon anstecken."

„Der Conny macht das Spiel allein. Pass nur mal auf!"

„Wenn nur die Schiedsrichter nicht wären!"

„Meine Alte wird ganz schön toben!"

„So ein Tag, so wunderschö..."

„Lass uns erst mal gewinnen!"

Um halb acht zog Paul mit den andern ins Stadion. Sie gingen Arm in Arm und grölten. Die Anhänger der Kickers lachten sie aus - Paul fühlte sich so stark wie noch nie.

„Wir machen euch fertig!"

„Abwarten!"

Sie drängten sich durch die Massen der Zuschauer. Eine Fahne klatschte Paul ins Gesicht. Er ließ sich mitziehen, stolperte.

„Paul, was machst du denn?"

Er fing sich wieder und postierte sich mit den andern vor dem Gitter, hinter dem Polizisten mit Schäferhunden auf und ab gingen.

„Du bist wohl 'n Aufsteiger!"

„Warum?"

„Weil du mir auf den Füßen stehst."

Paul trat einen Schritt vor und schrie, ohne sich umzuschauen: „Hi Ha Ho – die Kickers gehn k.o.!"

Paul schrie, dass ihm der Hals schmerzte. Die Stimme riss ihn hoch. Alles war vergessen: die Schulden, Betties Klagen, dass er nie zu Hause wäre, die Schmerzen in der Brust, der Krach mit dem Hausbesitzer, das Auto, das einen neuen Verteiler brauchte, all das war unendlich weit weg, unter ihm. Die Bierfahne der Brüller flatterte vorüber. „So ein Tag..."

Und dann war es so weit. Spieler liefen auf den Rasen. Der Schiedsrichter mit dem Ball unterm Arm folgte ihnen gewichtig. Das Zeremoniell der Seitenwahl. Die Spieler gingen auf ihre Plätze und machten Lockerungsübungen. Ein Blick auf die Uhr. Der Pfiff, der die letzten Erwartungen mobilisierte. Der weiße Ball schoss über den Rasen. Beine. Zurufe. Der Boden dröhnte unter den Stiefeln. Das Spiel lief.

Paul hielt sich am Gitter fest und verfolgte mit zugeschnürter Kehle das Geschehen.

„Conny!", schrie er. „Conny!" Das Spiel entglitt seinen Erwartungen. Instinktiv warf Paul den Kopf vor und stieß gegen das Gitter. „Conny!" Seine Stimme kippte über.

Paul schnappte nach Luft – und da war es schon geschehen. Der beste Tormann, den sie je hatten, tauchte in die falsche Ecke.

Paul vergrub sein Gesicht in die Hände.

Das höhnische Gebrüll der Gegner fraß sich in ihn hinein.

„Noch ist das Spiel nicht entschieden!"

Er bäumte sich auf, schüttelte die Faust. Mit dem Pfiff zum Anstoß wuchsen wieder die Erwartungen.

„Conny, Flanke!" Der Ball trudelte ins Aus.

„Mann, ihr habt ja Pudding in den Beinen. Geht heim zur Mama!"

„Das darf doch nicht wahr sein!"

Die Enttäuschung kam zurück. Paul ahnte jeden Fehlpass.

„Macht schon! Lasst mich nicht im Stich!" Es wurde nichts.

In der zweiten Halbzeit schoss Conny gegen die Latte, und Paul, der den Ball schon im Tor gesehen hatte, sprang am Gitter hoch.

„So eine Scheiße!"

„Ein Glück haben die..."

„So ein Tag, so wunderschön wie heute!", klang ihm entgegen.

Paul hätte heulen können. Er ließ die Schultern hängen und wagte gar nicht mehr auf das Spielfeld zu schauen. Alles lief verkehrt. Als der Schlusspfiff ertönte, musste er sich zusammennehmen, dass er nicht irgendeinem ins Gesicht schlug.

„Das haben die nicht verdient!"

Paul war jetzt allein.

Eddie stand resigniert hinter der Theke.

„Was habe ich euch gesagt!"

„Es war zum Heulen."

Paul spendierte eine Runde. Jetzt war ihm alles gleichgültig.

„Wenn doch nur der Conny ..." Verzweifelt stocherte er in den Scherben der Enttäuschung nach einer Erklärung. Er redete nur noch mit sich selbst. Es wurde eine richtige Trauerfeier.

Der Heimweg wollte kein Ende nehmen. Bettie fuhr mit einem Aufschrei auf, als er in das Schlafzimmer stolperte. Er ließ ihr gar keine Zeit wach zu werden.

„Komm, mach schon!", murmelte er und rächte sich für die Niederlage.

Gedanken eines Katers beim Dösen

Der Mensch gibt dem Hund einen Namen, und der Hund weiß nichts Besseres zu tun, als schwanzwedelnd auf diesen Namen zu hören. Dieser Romantiker des Gehorsams! Der Mensch gibt auch uns Katzen einen Namen. Wir ziehen es jedoch vor, gar nicht darauf einzugehen. Was soll schon diese Wichtigtuerei, auf seinen Namen stolz zu sein, dass man dabei sein Selbst verliert und nur noch Besitz des Namensgebers ist! Wer und was einen Namen hat, ist verfügbar. Zum Beispiel Hassan, der Hund von gegenüber, der einen Stammbaum bis zu den Wolken hat. Hört Hassan, dass ihn seine Herrschaften Hassan rufen, geht ein Zittern durch seinen Körper, er stellt die Ohren hoch und wedelt mit dem Schwanz, dass die Stadtreinigung auf den Gedanken kommen könnte, aus diesem Ritual der Unterwürfigkeit eine reinigende Tätigkeit zu machen. Hassan gehorcht. Ich beobachte ihn von meinem Platz am Fenster aus. Hat er denn keinen Stolz?

Meine Ernährerin versucht immer wieder, mich mit dem Namen Pulcinella in ihre Abhängigkeit zu locken. Du musst sie nur erleben, wie sie den Namen ausspricht:

P-u-l-c-i-n-e-l-l-a.

Jeder Vokal klingt wie ein junger Vogel, und alle zusammen klingen wie eine Arie, die mich noch um den Verstand bringt. Ich bin auf eine schöpferische Art unmusikalisch und leiste in der Hervorbringung von Tönen Horribles. Nur wenigen Komponisten ist es gelungen, unsere Lust- und Klagelaute, unsere Lockrufe und Werberaunzer musikalisch zu nutzen. Eines ist freilich sicher: Meine Ernährerin gerät aus dem Häuschen, wenn ich meine Stimme erhebe, und welchem Musiker gelingt das schon! Ich glaube, sie vermutet eine tiefe Tragik hinter meinen Lauten. Dass es schiere Lebensfreude ist, kommt ihr gar nicht in den Sinn.

Ich will beileibe nichts gegen meine Ernährerin vorbringen. Sie liebt mich und steckt voller Zärtlichkeiten, die ich mitunter über mich ergehen lasse, wohlwissend, dass ich ihr damit einen großen Gefallen tue. Die Menschen haben die seltsame Angewohnheit, Zärtlichkeiten, die sie verschenken, vor allem auch als Geschenk für sich selbst zu verstehen. Meine Ernährerin schnurrt dann selbst und seufzt:

„Pulcinella, Pulcinella!"

Ich heiße nicht Pulcinella. Ich heiße gar nicht. Ich hasse diese Namensgebungen, die doch nur Duftmarken des Besitzerstolzes sind. Meine Ernährerin begnügt sich jedoch nicht nur mit dem Namen Pulcinella, den sie mir wie eine Last anhängt. Sie verfügt über einen großen Schatz von Kosewörtern, die sie mir bei allen Gelegenheiten um den Schnurrbart schmiert. Wenn die Menschen nur wüssten, wie lächerlich sie sich dabei machen. Ich tue dann jedes Mal so, als wäre ich ganz Ohr, und blinzele verständnisvoll. Man muss die Menschen im Glauben lassen, dass sie uns am Gängelband ihrer Liebe und Sorge haben. Die große Weisheit meiner Vormütter und Vorväter hat dazu geführt, dass die Menschen sich uns auf eine sehr nachhaltige Art und Weise verpflichtet fühlen. Sie sind gleichsam unsere Haustiere geworden, die sich alle Mühe geben, uns zu ernähren und uns alle Bequemlichkeiten zu ermöglichen, die nun einmal zu einem erfüllten Dasein gehören. Ich will mir nicht den Kopf darüber zerbrechen, warum es so gekommen ist.

Nur dies: Sie scheinen etwas an uns zu lieben, das sie selbst nicht haben. Vielleicht ist es unsere Unabhängigkeit, die sie daran erinnert, dass sie sich selbst stets in Abhängigkeiten ergehen.

Sind sie nicht über beide Ohren verliebt, so machen sie sich zum Hampelmann ihres Besitzes oder ihres Berufs, sammeln, als müssten sie einen schlimmen Winter überstehen, oder leiden an echten oder eingebildeten Krankheiten. Immer sind sie ‚ganz hin‘ vor lauter Abhängigkeit, tun jedoch so, als hätten sie die Welt im Griff. Sie glauben auch uns domestiziert zu haben und lassen sich diese Herrscherrolle sogar etwas kosten. Sollen sie nur! Uns kann es nicht schaden. Sie werden das Opfer ihrer eigenen Spitzfindigkeit, die sie mit dem hochtrabenden Begriff Dialektik verbrämen. Sie merken gar nicht, dass sie Sklaven sind, die sich den Luxus des Stolzes erlauben.

Einer, der unser Spiel fast durchschaute, der Dottore Giovanni Rajberti, bemerkte einmal: „Die Katze (...) hat es verstanden, sich den denkbar besten Platz im Haushalt der Natur zu sichern. Sie hat feinste Kultur und wildeste Ungebundenheit so geschickt zu vereinen gewusst, dass sie von beiden sämtliche Vorteile genießt und sämtliche Nachteile vermeidet. Seit den ältesten Zeiten befolgt sie so die Lehre des goldenen Mittelweges, auf deren Erfindung gewisse moderne Staatsmänner so stolz sind.“

Halt! In die Politik will ich nicht abschweifen. Das tun die Politiker schon selbst und lassen den gesunden Menschenverstand vermissen, bei dem sie nur allzu schnell zu der Überzeugung gelangen, dass er für die Katz ist.

Natürlich ist er für die Katz – und wir wissen das zu schätzen. Die Politiker haben noch am wenigsten mit uns zu tun. Sie halten lieber Hunde, von denen sie erhöhte Wachsamkeit erhoffen. Als ob wir Katzen nicht auch wachsam wären. Wir veranstalten jedoch nicht einen solchen hündischen Lärm und machen nicht wegen eines gefundenen Knochens die ganze Welt verrückt. Wir lieben das Leise, wenn uns nicht gerade die Natur die Klagelaute einer unerfüllten Liebe eingibt, die freilich ohne tragische Untertöne ist. Dieser Zustand hat, offen gestanden, etwas Berauschendes – und eben weil er doch eher einen Mangel abgibt, erweisen sich unsere Gesänge als Furcht einflößend. Mängel verdienen keinen kunstvollen Applaus. Vielleicht ist es diese herzerfrischende Unmusikalität, weswegen wir so schnell erhört werden. Die Menschen haben aus unseren erotischen Lockrufen wenig musikalisches Kapital schlagen können. Zu allem Überdruss sagen sie unseren Gesängen nach, dass sie Steine erweichen, Menschen rasend machen können, aber, bitte schön, unsere Lieder sind nie Selbstzweck, sondern Mittel zum Zweck. Wenn dieser erreicht ist, was müssen wir dann noch die Kunst erstreben, die keinen Zweck außer sich selbst kennt?

Meine Ernährerin liebt Musik und stopft ihre Wohnung voller Töne, die sie zuweilen mit ihrer Stimme nachzuahmen sucht. Ohne viel Erfolg, wie ich glaube. Ich fasse dies als Aufforderung auf, zum Fenster hinaus auf das Dach zu verschwinden. Dort gibt es ein lauschiges Plätzchen neben dem Schornstein, der zum Leidwesen meiner entmannten Nebenbuhler nur ornamentalen, nicht aber einen wärmenden Charakter hat. Mir reicht es für eine ausgiebige Verdauungsruhe, in der ich den profunden Sinn meines Daseins sehe, profund deswegen, weil mit der Verdauung eine Reihe ergötzlicher Einsichten verbunden sind, die der hechelnde Hunger nie haben kann. Dieser neigt stets zur Übertreibung des Möglichen, so dass schließlich nur Halbfertiges zustande kommt.

Wir Katzen sind keine Utopisten: Wir leben in der Realität. Wovon auch sonst. War es dies, dass die Romantiker uns so beneideten, die davon satt zu werden glaubten, dass sie nicht satt wurden? Die Menschen leben in der lächerlichen Überzeugung, dass ein voller Bauch nicht gern studiere und dass man Mangel leiden müsse, um etwas Großes zu schaffen. Ich teile diese Ansicht nicht. Für mich, in allem Respekt gesagt, ist der Zustand seliger Sattheit der Ursprung allen Philosophierens. Eine große Heiterkeit materialisiert sich in mir, ich blinzele dem Schlaf zu, der mich sogleich in die Arme nimmt, und schon schnurre ich im Einklang mit der Natur. Was will ich mehr?

Der Hunger ist nur dazu da, um uns zu diesem Paradies zu geleiten, das wir etwas prosaisch SATTHEIT nennen. Ich entspanne mich, lockere die Muskeln und döse.

Meine Ernährerin, die sich immer beschäftigen muss, um bei guter Laune zu bleiben, während wir nur bei guter Laune sind, wenn wir uns nicht beschäftigen müssen, mag den meditierenden Zug an mir überhaupt nicht. Sie schilt mich einen Faulenzer und stemmt sich voller Entrüstung die Arme in die Seite. Faulenzer? Wie ich diese Missdeutung der Besinnlichkeit hasse! Nichts tun ist mehr tun. Die Menschen machen den Fehler, sich durch unentwegtes Tun und Handeln von der Nachdenklichkeit abbringen zu lassen, die sie dazu führen würde, gerade das nicht zu tun. Das ganze Leid der Welt hat hier seinen Ursprung. Menschlicher Fleiß wütete in ihr und ließ keinen Ort ohne Schandspur seines enthemmten Erfindungsgeistes.

Ich habe große Mühe, mich darin zurechtzufinden, und vor lauter Gefahren kann ich nur mit halbem Ohr den Eingebungen der Besinnlichkeit nachgehen. Da gibt es ungelenke Autos, Eisschränke, Fahrstühle und Automaten, die die Grillen täuschend nachahmen. Da gibt's blechernen Lärm und Maschinenmusik. Da gibt's die verschiedensten Auspuffgerüche und die vielen Parfüms meiner Ernährerin, mit denen sie die werbenden Düfte der Natur zu vertreiben sucht. Der Ekel formt mir einen Buckel, so dass ich wie ein Tor aussehe.

Was hat denn der Fortschritt erreicht? Dass unsereiner keinen Schritt mehr auf die mondnahen Dächer wagt, ohne einen Fluchtweg auszumachen. Letzte Woche hat ein aus dem Schlaf Gerissener mit Steinen nach mir geworfen, als ich meine Liebessehnsucht in die Nacht hinausschrie. Ich floh zurück zu meiner Ernährerin, schlüpfte durch das halb offene Fenster, machte es mir in meinem Körbchen bequem, das von der darunter liegenden Heizung erwärmt wird, und spielte einen Samowar. Nach Aufregungen ist die Ruhe besonders tröstlich.

Die Vorstellung quält mich, dass wir Katzen uns einmal wie Mäuse fühlen werden: bedroht und verfolgt. Die Menschen nennen diese Umkehrung Dialektik. Ein lustiges Wort. Ich werde es mir merken müssen. Es zeigt für alles Widersinnige Verständnis. Es entwickelt aus dem Oben ein Unten und aus dem Unten ein Oben, so dass es wieder bei dem Oben und Unten bleibt. Die Menschen machen sehr gern Gebrauch von ihrer Fähigkeit der Rede. Auf diese Weise halten sie die Probleme am Leben, und die Luft wird immer dünner.

In einer Zeit, in der die Zeit so viel Aufhebens macht, um zu vergehen, ist es schwer, den archimedischen Punkt gründlicher Nachdenklichkeit zu finden, um die erstarrte Welt aus den Angeln zu heben. Nicht besinnungslose Arbeit tut Not, die noch den letzten Rest unseres Horizontes zustellen wird, so dass wir keine klare Aussicht auf unseren Untergang haben. Das Bessere ist der Feind des Guten. Wir Katzen wollen die Welt nicht verändern. Wir trainieren nur unsere Fähigkeiten, um mit ihr besser fertig zu werden. Wer springen will, muss es auch tun können. Die Menschen dagegen haben nichts Besseres zu tun, als die Welt immer wieder zu verbessern, besitzen jedoch dann nicht die Fähigkeiten, mit den Verbesserungen Schritt zu halten. Ich gebe mir alle erdenkliche Mühe, meine Ernährerin zu erziehen. Immerhin vermag sie jetzt schon an der Stellung meiner Ohren meinen wahren Appetit abzulesen. Ich beglückwünsche sie jedes Mal mit einem melodischen Miau, dass sie vor Stolz errötet. Man kann den Menschen nicht genug schmeicheln. Auf diese Art und Weise erhält man sie sich als Wohltäter. Manchmal, wenn ich so dasitze, den Kopf leicht zur Seite geneigt, die Ohren gespitzt und die Augen in die Ferne gerichtet, die so nah ist, denke ich, wie schön es bei den Ägyptern war, als wir als göttliche Wesen die Kornkammern des Pharaos von Mäusen freihielten. Was hat sich seitdem geändert? Gut, es gibt keinen Pharao mehr, dafür jedoch weniger anspruchsvolle Ignoranten, die gleich alle Katzen in der Nacht grau nennen. Was ist von der gottseligen Unterscheidungskraft, die die Philosophen einstmals von den Dummköpfen trennte, übrig geblieben? Ich überlasse die Antwort den Statistikern.

Warum die Menschen gerade uns als Hätscheltiere halten, weiß ich beim besten Willen nicht. Doch nicht deswegen, weil sie an uns schätzen, was sie selbst nicht sind: frei, verdauungsintensiv und schamlos? Ich werde mich hüten, diesen Gedanken bis in seine letzte Konsequenz zu verfolgen. Wenn uns etwas zu schaden droht, lassen wir die Pfoten davon. Meine Ernährerin denkt nicht daran. So liebt sie einen Mann, der mich hasst. Die alte Nebenbuhlergeschichte, über die die Menschen auch noch Romane schreiben. Wir zerfetzen uns deswegen gegenseitig die Ohren und warten, wenn wir das Nachsehen haben, auf eine bessere, sich bietende, anbietende Gelegenheit. Wir sind alles, nur keine Romantiker. Vielleicht ist es gerade dieses Geheimnis des Geheimnislosen, was uns so beliebt macht. Der Mensch muss hinter allem etwas vermuten. Eine Maus ist eine Maus. Das genügt völlig, wenn man Hunger hat. Geheimnisse sind etwas für diejenigen, die weder satt noch hungrig sein wollen.

Wie auch immer: Der Freund meiner Ernährerin befleißigt sich im Umgang mit mir einer geheimnisvollen Steifheit, wie sie Professoren an den Tag legen, wenn sie feststellen müssen, dass sie über denselben Gegenstand gearbeitet haben. Ich tue so, als würde ich ihn gar nicht zur Kenntnis nehmen. Er weiß nicht, dass ich ihn in Wirklichkeit so sehe, wie er ist: langweilig, aus Einfallslosigkeit liebeskrank und immer gekränkt, wenn meine Ernährerin mich in seiner Gegenwart hinter den Ohren krault. Ich schnurre dann jedes Mal ganz besonders nachdrücklich. Am liebsten hat er es, wenn ich ihm einen veritablen Tiefschlaf vorspiele.

Einmal hat er sie allen Ernstes gefragt: „Was du nur an ihm hast?" Wir Katzen reden nicht, wir denken uns nur unsern Teil.

E. T. A. Hoffmann, der viel von uns verstand, ließ einmal seinen Kapellmeister Kreisler über meinen Urvetter, den Kater Murr, sagen: „Indem ich diesen klugen Kater betrachte, fällt es mir wieder schwer aufs Herz, in welchen Kreis unsere Erkenntnis gebannt ist. Wer kann sagen, wer nur ahnen, wie weit das Geistesvermögen der Tiere geht? Wenn uns etwas oder vielmehr alles in der Natur unerforschlich bleibt, so sind wir gleich mit Namen bei der Hand und brüsten uns mit unsrer albernen Schulweisheit, die eben nicht viel weiter reicht als unsere Nase. So haben wir denn auch das ganze geistige Vermögen der Tiere, das sich oft auf die wunderbarste Art äußert, mit der Bezeichnung Instinkt abgefertigt. Ich möchte aber nur die einzige Frage beantwortet haben, ob mit der Idee des Instinkts, des blinden, willkürlosen Triebes, die Fähigkeit zu träumen vereinbar sei."

Die Pfote aufs Herz! Natürlich träume ich, ob ich nun wache oder schlafe. Wir haben freilich nicht den Drang, alles aufzuschreiben oder gleich zu bereden, was uns bewegt. Das erspart uns viel Verdruss. Übrigens ähnelt das Papierrascheln den

Fluchtgeräuschen der Maus. Wir leben ganz aus dem Instinkt heraus, der uns eine graziöse Unmittelbarkeit verschafft. Meine Ernährerin glaubt zwar auch wider besseres Wissen, einen guten Instinkt zu haben (sie sagt „eine gute Nase"), aber man muss nur sehen, was sie mir zum Fraße vorsetzt. Sie denkt wohl, ich würde mir derlei gern einverleiben. Es kostet mich jedes Mal Überwindung. Ihre Wetterprognosen sind noch katastrophaler. So ist sie der Meinung, wenn ich etwas derbere Gerüche ausströme, würde es regnen. Hat sie eine Ahnung vom Instinkt! Vor allem weiß sie einfach nicht, was ihr gut tut.

Die Menschen leben zum größten Teil von Vermutungen, die sie als der Weisheit letzten Schluss ausgeben. Was brumme ich da in meinen Schnurrbart? Ich bin wohl ein Anarchist und ein raunzender Skeptiker, aber in der Maske Oblomows. Ich werde mich hüten, durch aufrührerische Taten meine behagliche Existenz aufs Spiel zu setzen. An der Katzenwelt ist doch nichts auszusetzen! Da ist alles für die Katz. Wenn die Menschen das als einen Verlust ansehen, so ist das ihre Sache. Die Natur prägt unser Dasein, und wir müssen nicht die Winkelzüge der Geschichte erdulden wie die Menschen, die die Unterschiede, die sie von uns trennen, aber auch voneinander, immer ein wenig übertreiben. Auch müssen sie sich überall hineinmischen, und wenn sie dazu keine Gelegenheit haben, in sich selbst, worauf sie aussehen, als könnten sie sich selbst nicht verdauen. Sie reden sich mit dem Hinweis heraus, dass sie Vernunft besitzen. Gut, sage ich. Wie kommt es aber dann, dass sie mir ihrer hochgepriesenen Vernunft keinen Weg aus ihren Schwierigkeiten herausfinden? Sie loben und preisen etwas, durch das sie bis jetzt kaum einen segensreichen Erfolg erzielen konnten: „Die Gerade ist die kürzeste und schnellste Verbindung zwischen zwei Punkten", sagen sie. Daran besteht kein Zweifel. Wir Katzen gehen jedoch um den heißen Brei herum und verbrennen uns auf diese Art und Weise nicht das Maul. Auch ist die Vorfreude die schönste Freude. Was helfen uns da die Geraden! Wir nehmen uns Zeit mit der Zeit und jagen nicht hinter etwas her, was wir doch nicht einholen können. Unsere Welt prägen andere Prinzipien, wenn überhaupt das Donnerwort ‚Prinzip‘ für unsere Lebensweise in Anwendung gebracht werden kann. Wer Mäuse fangen will, muss geduldig sein. Die Menschen sind Meister der Ungeduld. Sie verderben sich alles durch ihre Hast und schlafen sogar schneller als wir. Man muss nur meine Ernährerin beobachten, wenn sie schläft. Sie wirft sich im Bett hin und her, als wollte sie gerettet werden. Mir selbst verbietet sie mit rollenden Augen, auf ihrem Bett zu ruhen. Dabei könnte ich ihr zeigen, wie man das weiße Weiche zu seinem höchsten Zwecke führt.

Ihren größten Unwillen errege ich, wenn ich mich vom Kopf bis zum Schwanz den Prozeduren der Reinigung hingebe.

„Schämst du dich denn nicht!“, schreit sie dann. Ich muss zu meiner Schande gestehen, dass ich mich nicht schäme. Die Reinigung ist für mich nachgerade ein kultischer Akt, und mein Fell kräuselt sich dabei lustvoll unter meiner Zunge.

„Sieht er nicht aus wie ein Cellist?“, stellte der Freund meiner Ernährerin einmal fest, als ich meine Lenden säuberte. Er weiß nicht, dass es kaum etwas Schlimmeres gibt, als eine Katze bei ihrer Wäsche zu stören. Meine Ernährerin braucht einen Spiegel, um sich putzen zu können, und es dauert jedes Mal sehr lange, bis sie mit ihrem Anblick zufrieden ist. Wir Katzen sind nicht von den Launen des Spiegels abhängig. Wir putzen uns nur deswegen, weil es Spaß macht und die Zeit angenehm vertreibt. Es ist ein vielstimmiges Spiel mit dem Körper. Für die Menschen dagegen hat es eine Bedeutung, wie sie auf andere wirken. Sie leben von Bestätigungen, ich von gutem Fraß und von süßem Verdauungsschlaf.

„Du bist ein furchtbarer Materialist!", wirft mir meine Ernährerin vor. Im Innersten ihres Herzens beneidet sie mich jedoch, dass ich die Annehmlichkeiten des Daseins so schamlos genieße. Manchmal versucht sie mich darüber auszufragen, vergisst jedoch im Eifer ihrer Ignoranz, dass unsere Kommunikation aus Schweigen besteht. Würden wir reden wie die Menschen, dann wären die Mäuse vor uns sicher. Das Verschlossene und Stumme, daher Ahnungsreiche, das der Philosoph Hegel allen Tieren nachsagt, ist uns Katzen ganz besonders eigen. Das hat die Menschen auf die Idee gebracht, dass in unserem Körper noch ein anderes Wesen stecke. Tatsächlich sind wir den Gezeiten der Dunkelheit unterworfen. Mit dem Beginn und dem Ende der Dunkelheit geht eine starke Veränderung in unserem äußeren und inneren Wesen vor sich, die die Menschen zu den abergläubischsten Erklärungen verleitet. So ist das immer, wenn sie mit ihrem Leben nichts mehr anzufangen wissen, dann glauben sie an eine Seelenwanderung. Sie lieben das Geheimnisvolle und sehen in uns Verkörperungen ihrer bizarrsten Befürchtungen und Erwartungen. Die Menschen haben es immer mit Verkörperungen. Tatsächlich haben manche von ihnen nachgerade Angst vor uns und – unseren Krallen. Ich kann nicht leugnen, dass mir die Rolle des geheimnisumwitterten, unheimlichen Schnurrbartträgers sehr gefällt. Sie verpflichtet die Menschen zu einem regelrechten Katzengötzendienst. Dabei legen sie wie in allen ihren Unternehmungen auf eine genaue Arbeitsteilung Wert und unterscheiden Verantwortungsträger, Würdenträger, Lastträger und – Geheimnisträger. Letzteres sind wir. Es ist weiter keine große Bürde. Im Gegenteil. Es verleiht unserem Gang eine noch nachdrücklichere Würde. Nur nichts merken lassen, dass wir den ganzen Hokuspokus durchschauen. Zum Glück wissen die Menschen nicht, dass wir lachen können, und ich will meiner Ernährerin auch keinen Grund geben, ihre Meinung zu revidieren, weiß ich doch nur zu gut, dass der gravitätische Ernst, den ich ihr vormache, sie mir nur noch mehr verpflichtet. „Pulcinella hat bei mir einen Stein im Brett", erklärte sie ihrem Freund, als er wieder einmal seine lächerliche Eifersucht zu sehr hervorkehrte.

Die Menschen und ihre Vergleiche! Ein Stück Hering wäre mir lieber. Wie auch immer, solche Bekenntnisse tun mir gut und lassen mich zuversichtlich in die Zukunft schauen. Die Menschen sind in ihrem Umgang mit uns Katzen sehr lernfähig und sagen ohne den Anflug einer Selbstironie: „Der Klügere gibt nach." Ich mime gern den Dummkopf, wenn ich auf diese Weise zu meinem Vorteil komme.

Man muss den andern stets das Gefühl geben, dass es der beste Einfall sei, wenn sie einem, selbst wenn sie es nicht wollen, etwas Gutes tun. So üben wir Katzen ohne großen Aufwand einen erheblichen Einfluss auf die Menschen aus, und ich wage die Behauptung, dass wir sehr gut damit gefahren sind. Der Einfluss, den sie auf ihresgleichen hatten, war nicht immer sehr wohltätig und verständnisvoll. Mit einer Katze auf dem Schoß kann man jedoch auf keine dummen Gedanken kommen. So erzählt man von dem Philosophen Rousseau, dass er am liebsten arbeitete, wenn seine Lieblingskatze auf seinem Schoß lag und schnurrte. Man stelle sich bitte vor, sie hätte es nicht auf seinem Schoß ausgehalten! Hätte dann Rousseau seine Gedanken überhaupt aufs Papier bringen können? Ich wage es zu bezweifeln. Die Vibration unseres ruhigen Herzschlags hat etwas Gedankenförderndes. Auch der scharfsinnige Lessing legte großen Wert auf unsere wärmende Gesellschaft und lernte von unseren Krallen, wie man einem gedankenlosen Schmierer die Leviten lesen kann. Wir fühlen uns durchaus geschmeichelt, dass gerade die besten Geister unsere Freundschaft suchen. Nicht zuletzt verstehen sie es, von unserer Unabhängigkeit zu profitieren, die sie nachdenklich macht. Freilich gibt es noch keinen cartesianischen Kater, der in seinen Schnurrbart gebrummt hätte: „Cogito ergo sum." Wir demonstrieren unsere Freude am Denken eher praktisch, haben wir doch den Vorzug, bei einem Sturz stets auf alle vier Pfoten zu fallen. Der kundige Katzendoktor Giovanni Rajberti führte das noch aus: „Man nehme bloß ein kleines, unerfahrenes Kätzchen, hebe es verkehrt hoch und lasse es aus noch so geringer Höhe fallen: Sekundenfrist wird ihm genügen, sich blitzschnell zu drehen und auf die Pfoten zu stellen. Wir hingegen pflegen möglichst kopfüber zu stürzen, als wäre der Kopf der wenigst edle Teil des denkenden Wesens."

Das heißt auch so viel, dass wir Katzen sehr diskret sind und nicht das Hohlvolumen unseres Kopfes wie der Mensch durch einen Fall der Welt kundzutun versuchen. Auch hängen wir nicht wie die Menschen unsere Einfälle und Unfälle an die große Glocke, die uns nur die Mäuse davonjagen würde. Wir denken nicht, wir lassen die Menschen für uns denken. Man muss ihnen nur zu schmeicheln verstehen, und schon wagen sie die größten Gedankensprünge. Freilich hat dies unsichere Naturen, die sich gern als Moralisten ausgeben, dazu gebracht, uns Falschheit nachzusagen. Wo geschmeichelt wird, liegt die Befürchtung nahe, dass Aufrichtigkeit und Wahrheit fehlen. Die Menschen vergessen allzu schnell, dass nicht sie, sondern wir über die Freundschaft mit ihnen bestimmen. Auf dass jedoch solche Beziehungen nicht in rührselige Zärtlichkeiten übergehen, die zu nichts führen, zeigen wir mitunter unsere Krallen – und benützen sie auch, wenn uns menschliche Annäherungsversuche lästig fallen. Wir sind nicht wie der Hund Wächter der geruhsamen Idylle, die zur Stagnation einlädt. Ein wenig Beunruhigung tut immer gut, sonst werden die Gefühle leicht ranzig und anstelle von Liebe und Zuneigung kommt Besitzerstolz auf. Die Menschen sind Gefühlskapitalisten. Zärtlichkeiten und geschmeidige Schmeicheleien sind jedoch kein Abonnement für eine turteltrottelige Beziehungskiste. Ein bisschen Pfeffer und ein bisschen Zweifel müssen stets dabei sein. Schließlich bereiten Abwendungen Zuwendungen vor. Vielleicht lernt das meine Ernährerin noch. Hassan dagegen, dessen bin ich sicher, wird es nie lernen. Mit einem Auge sehe ich gerade, wie er schwanzwedelnd an seinem Herrn hochspringt. Ich bringe es nicht über mich, das Ganze mit zwei Augen zu verfolgen. Ich blinzele spöttisch.

Gott sei Dank, dass wir selbst keinen Katzenjammer bekommen, den Ludwig Börne einmal „die Reue des Magens" nannte. Meine Ernährerin hat ihn in allen Versionen, vor allem den moralischen, der ihr Antlitz zu einem Friedhof der Lebenslust macht.

„Wir zwei Kater ...", sagt sie etwas an der Wahrheit vorbei und schaut mich traurig an.

Wenn ich ihr nur klar machen könnte, dass wir Katzen für die Trauer kein Genie haben. Dösen ist für uns wahrlich keine Trauerarbeit. Es bereitet uns vielmehr auf die Dinge vor, die uns wirklich Spaß machen.

Alles hat seine Zeit. Heute ein bisschen Leidenschaft, morgen ein wenig Besonnenheit und Ruhe, ist jedes in seiner Weise gut. Nur Menschen können über Katzenjammer klagen. Sie tun nichts zur rechten Zeit und bringen obendrein noch ihre Gefühle durcheinander.

Ich muss von meinem Fensterplatz herunter. Es ist Zeit, meine Ernährerin auf ihre Pflichten hinzuweisen. Dass die Menschen auf so etwas nicht von selbst kommen!

Wer Freunde sucht,
ist sie zu finden wert

Die Freundschaft ist das Salz des Lebens. Was mehr? die Lustbarkeit der Gemeinschaft. Was mehr? die Flausenvertreiberin. Was mehr? der Anweg zur Zuversicht. Was mehr? ein Notenblatt für zwei Instrumente. Was mehr? der Jugend Stimulans und des Alters Trost. Was mehr? des Vertrauens Ursprung. Was mehr? das Glück des Zeitvertreibs. Was mehr?

Ohne sie wäre das Leben ein müder Schlottergang, bar aller Witz- und Blitzgedanken, ein Nebelmarsch durch Trauergefilde, ein Tanz ohne Musici.

Seht sie euch doch an, die der Freundschaft fliehen, weil sie Angst haben, sie würd ihnen das Geld und die Zeit stehlen. Ihre Augen kleben am Boden, ihre Ohren hängen lustlos am Kopf, die Lippen sind zu einem ‚Nein' verkniffen, die Backen ziehen griesgrämige Falten, die Stirn ist ihr eigenes Brett vor dem Kopf. Ihr ganzes Gesicht ist verschlossen wie der Brotkasten eines Geizkragens, wenn Besucher kommen. Schreit einer hinter ihnen her, dann kriechen sie noch mehr in sich hinein, bis sie sich selbst zum Arsch herauskommen.

Seht sie euch doch an, die Einsiedler, Einwiegler, Eintänzer, Einwegirrgänger, die monadologischen Erznarren, die keine Fenster haben, sondern Säcke, um den frischen Wind abzuhalten, der die Gedanken belebt. Seht sie euch doch an, die Einwohner der selbst verschuldeten Einsamkeit, wo die fledermäusige und flohreiche Melancholie herrscht. Nichts hört man da als den mattzittrigen Herzschlag und den Neidatem und das Kratzen und den Zerfall. Seht sie euch doch an, die klebrigen Nesthocker, die nicht ‚Du' sagen und den andern nicht in die Augen lachen wollen. Kratzfüß machen sie nur vor sich selbst, und sie würden sich selbst den Hintern küssen, wenn sie akrobatisch wären wie Seiltänzer und Rückgratdreher. Aber Klötze sind sie und Grenzsteine: Hier geht's nicht weiter. Halt!

„Ich allein" – schreien sie und schrecken schon zurück, wenn sie ihre Schatten sehen. Sie halten Selbstgespräche, dass man um ihren Verstand bangen muss; sie kleiden sich, dass die Vogelscheuchen auf sie neidisch zu werden beginnen.

Die Natur hat uns zu nichts eigentlicher und näher bestimmt als zur Geselligkeit. Wozu haben wir denn Sprache, als mit anderen zu reden? Doch nicht, um Maulaffen im engen Kämmerlein feilzuhalten! Doch nicht, um nur ‚Ich, Ich, Ich' zu sagen, bis du ein Echo des Echos bist! Das Schönste ist's, mit einem Freund zu reden. Da klappern die Worte nicht wie leere Hülsen. Da blühen sie auf, da führt sie ein ‚Du' an und nicht der Spielverderber Eigennutz, der nicht rechts noch links will, sondern einzig und allein gradaus in sich hinein. Wie willst du da weiterkommen?

Die Freundschaft ist der Schlüssel zur Weisheit. Sie macht die Gedanken freier und gebiert Ratschläge schneller als die einsiedlerische Melancholie. Sie weitet den Horizont, denn zwei sehen mehr als einer. In der Freundschaft vermischen und verschmelzen sich zwei Seelen dergestalt ineinander, dass auch die Spur der Naht des Zusammengesetzten verschwindet. Die Worte wiegen dann doppelt, und die Freude hat es mit uns leichter und die Trauer schwerer. Tanzt du, tanzt der Freund mit, lachst du, lacht der Freund mit. Zieht dir der Gram seine Faltenmaske über, reißt sie der Freund wieder ab, drückt dich Verzweiflung zu Boden, hilft dir der Freund wieder auf die Beine.

In der Freundschaft kommt die Geselligkeit zur Vollendung. Die schleichfüßigen Einzelgänger, die mit dem Scheelblick alle Dinge verhunzen, die das Geld horten, bis die Ratzen es holen, die in der Stube hocken, bis sie der Sonn Licht nicht mehr ertragen können, wenn sie einmal vor die Türe gehen, ihnen ist es bange vor der Freundschaft, glauben sie doch, sie würde ihnen das Wasser abgraben. Freunde teilen das, was sie besitzen. Die Schimmel ansetzenden Eigentumsbewacher und Wiederkäuer des Wiedergekauten, die solipsistischen Zitterköpf wollen's beim besten Willen nicht, lieber fressen sie sich selbst so voll, dass sie wie ihr eigenes Mausoleum herumlaufen. Sie riechen nach Grab, sie reden wie ein Grab, sie sind ein Grab.

Wer seinen Kopf nicht an die Sonne bringt und in der Einzelhaft seiner Selbstsucht verbleibt, wird ausbleichen, auslaugen, ausdörren und das Laufen verlernen. So kommt er nicht unter die Leut, und wer nicht unter die Leut kommt, findet nimmer einen Freund. Muss ich es noch einmal sagen: Die Natur hat uns zu nichts eigentlicher und näher bestimmt als zur Geselligkeit.

Geh aus mein Herz und suche Freud!

In dir selbst findest du nichts als Vexierbilder deiner selbst. Wer in den vier Wänden seiner Beschränkung hocken bleibt, versäumt und verträumt die Welt. Zumal bei schönem Wetter, wenn die Luft durch die viel vermögenden Sonnenstrahlen von allen bösen, stinkigen Dämpfen gereinigt ist, die unsere Habgier fabriziert. Dann erquicken sich fast all Geschöpf auf Erden: der Vogel in der Luft pfeift vor Freude seine Triller, der Fisch im Wasser hüpft mit ganzer Lust, das Vieh auf grüner Weide springt vor Vergnügen, die Menschen empfinden eine besondere Ergötzlichkeit. Da mag keiner in Einsamkeit zurückstehen. Sie treten aus dem Haus und gesellen sich, lassen ihre Äuglein schweifen, sie haben etwas zu erzählen oder wollen zuhören. Sie streicheln die Erde mit ihren Füßen und treten nicht auf wie melancholische Im-Kreis-Stampfer.

Geh aus mein Herz und such den Freund:

Soll Aristoteles den Ausspruch getan haben: „O, meine Freunde, man findet keine Freunde mehr!" Was heißt hier finden? So zäumt man das Pferd von hinten auf. Man muss selbst ein Freund sein, um einen Freund finden zu können. Freundschaft ist eine Münze, die zwei Seiten hat – und diese zwei Seiten sind die zwei Freunde, die eine Freundschaft ausmachen. Wer da wie ein Finstergucker einherkommt, wer da mit dem Faulatem, der aus seinem Hirn stammt, die Zwischenluft verpestet, dass man nur über einen reifen Käs hinweg zu diskutieren wagt, wer die Krankheiten wie einen Bauchladen mit sich herumschleppt, wer gleich ‚Ich will! Ich will! Ich will!' sagt, der wird nicht leicht einen Freund finden, der wird immer freie Bahn haben für das Abseits, von dem aus die Welt wie ein Schindanger aussieht. Auch die Freundschaft will gelernt sein. Sie fällt dir nicht wie die schlaraffische gebratene Taube ins Maul.

Nimmst du die Freundschaft nur als eine gegenseitige zuckrige Schmeichelei und willst vom Freunde nichts anderes als das, was dir die Ehre und den Stolz kitzelt, freundelst du dich nur an und machst jedem die Cour wie eine Hur, um mit gleicher Münze bezahlt zu werden; Lobst du mich, so lob ich dich!, so wirst du bald im Trocknen sitzen und vergeblich hinter den Versprechungen herschnappen. Aller Leut Freund, jedermanns Geck. Ein Narr, wer die Freundschaft schmieren will. Andrerseits kann man niemanden zur Freundschaft prügeln. Sie atmet nur in der Freiheit.

Ein Freund muss ein ganzer Mensch sein, kein Hälbling oder Viertelhupf, kein Duckmäuser oder Angstquirl, kein Pfennigpolierer oder Ödschwätzer, kein Immerrechthaber oder Neidbold, keine Nebelkappe oder Ich-lach-und-weiß-nicht-warum, kein Gramgrimasseur oder Lügenzieher, keine Jammersirene oder Faulbauch. Und wenn ein Freund eins davon ist, muss er der Freundschaft wegen alles dran geben, um etwas Besseres aus sich zu machen.

Gab es denn je eine größere Freundschaft und Liebe als diejenige, welche Pythias und Damon einander erzeigten, die so vertraute Freunde gewesen, dass einer für den andern Bürge geworden zu sterben. Jonathan liebte David wie seine Seele. Die Geschichte der Menschen hat ein großes Beispielbuch der Freundschaft geschrieben, das mehr wiegt als alle Schlachtenscharteken.

Wie aber kommt es zur Freundschaft? Wie stellt es der Freund an, um einen Freund zu finden? Gelegenheit macht Diebe. Sie betört die Weisesten, entkräftet die Stärksten, hintergeht die Behutsamsten, sie verführt die Standhaftesten. Aber nicht nur das: Gelegenheit macht auch Freunde; sie schenkt dem Weisen Einfäll und Einsichten, sie gibt dem Starken die Möglichkeit, seine Kräfte auszuprobieren, sie gibt dem Behutsamen Recht. Einerlei Sinn macht Freunde, heißt es. Wahr ist aber auch, dass sich Gegensätze anziehen. Viele Wege führen zur Freundschaft.

Aber wie erfährt man es?

Es ist der Wein der Patron und Schatzmeister der Freundschaft und nicht selten die Ursach. Er macht den Blick frei, spitzt das Ohr, löst die Zunge und die Fesseln der Ichsucht. Der Wein schmeckt nie so gut, als wenn man ihn mit Freunden trinkt. Wie der Weinstock nicht genug gepriesen werden kann wegen seiner herrlichen Frucht, aus welcher der so liebliche Saft gepresst wird, so kann auch die Freundschaft nicht hoch genug gelobt werden wegen der vielen schönen Ermunterungen, die von ihr ausgehen. Was Wunder also, dass die Freundschaft durch den Wein besiegelt wird. Soll doch Gott der Herr sich des krummästigen, kümmerlichen Weinstocks erbarmt haben, der ob seiner Dürftigkeit klagte. Er sah das schwache Gewächs, das ein Spiel der Lüfte war, das unter sich sank und Hilfe begehrte. Mitleidig richtete es Gott der Herr auf und gab dem zarten Bäumchen eine Stütze. Froher spielten jetzt die Winde mit den Reben, die Glut der Sonne durchdrang ihre zarten grünen Trauben, bis sie zur schimmernden Reife kamen und dufteten. Jetzt neigte sich der Weinstock zu seinem Herrn nieder, und dieser kostete seinen erquickenden Saft und nannte ihn seinen Freund. In dieser Freundschaft sind alle Freunde, ob sie es ahnen oder nicht, mit einbeschlossen.

> Was du gibst, das würze wohl,
> Mehr als sonst man würzen soll.
> Dass in uns werd ein Hitze,
> Dass dem Trunke entgegengeh ein Dunst
> Wie Rauch von Feuersbrunst,
> Dass der Mann erschwitze,
> Bis er wähne, eine Flamme lecke;
> Schaffe, dass der Mund nach Blumen schmecke.
> Und verstumm ich dann aus Weines Kraft:
> Auf denn – gieß ihn über mich, Wirt, aus
> Brüderschaft.

So tauft der Wein die Freunde auf den Namen ‚Du‘, und eine beglückende, herzerquickende Gemeinschaft blüht auf, die nicht die Selbstsucht und Missgunst und Trauer als Zeremonienmeister kennt. Da steigt Freude auf Samtschuhen ins Herz, die Welt wird schöner, als sie es aus der Froschenge der Einsamkeit zu sein scheint. Freunden ist keine Tür verschlossen. Also hereinspaziert: Im Keller ruht spinnnetzverwoben das

Elexier der Freundschaft. Hereinspaziert, der Freund weiß, wo's fehlt. Den Durst gemeinsam zu besiegen, der in uns wütet und rast, das reißt die Mauern ein, die wir gegeneinander hochrichten. Hereinspaziert, der Freund weiß, was gut ist, und teilt's auch, weil es gut ist. Wer will schon einen Brunzzwicker kredenzen. Das Beste sei es, und von Glas zu Glas hüpfen die Gedanken und Einfälle und erweitern das Hirngeviert, das der Kleinmut nur zu schnell schrumpfen lässt. Hereinspaziert, der Freund weiß, dass die Freude der emsigste Tanzmeister ist. Der Wein lockert die Zung und gibt den Sätzen eine Nachdrücklichkeit, die das Allerwelts- und Alltagsgebabbel nicht vermag. Das ist nur hingeschwätzt, um die allgewaltige Stille nicht spüren zu müssen, die die Freudlosen quält. Im Wein läutert sich die Freundschaft. Da ziemen sich kein Ich-will's-allein-Blick mehr und keine närrisch verstiegenen Solipsismen, keine Rafflust und keine monologischen Sprüch! Da verwebt sich die Red zum Wir. Hört nur, wenn der Freund beim Wein zum Freund spricht. Er deckt die geheimsten Falten des Herzens auf. Ein Hundsfott, wer seine Türen verschließt und seinen Wein in Bouteillen versäuern lässt und herumdruckst wie eine alte Hur bei der Beicht. Der Freund ist des andern Freund Spiegel, und er züchtet keine Geheimnisse auf dem Mistbeet seiner Selbstgefälligkeit.

Er sagt's frei heraus, was ihn bewegt und drückt. Der Wein hält's mit der Wahrheit, und es wäre manchem Philosophen besser bekommen, wenn er sich ihn zum Gehilfen gemacht hätte.

> Das muss ein schlechter Wein sein,
> Der einem nicht gießet Latein ein.

Wenn zwei denken, ist Skepsis eher der Wegführer. Merkt's euch, ihr einzelgängerischen Grillenfänger und narzistischen

Gedankengurgler, die ihr glaubt, so da etwas nichts mit euch zu tun hat, ist's nicht von Belang und taugt nichts. Euch fehlt der Freund, der euch die Narreteien abgewöhnt, der euch bei einem guten Trunk die Flausen vertreibt.

Merkt's euch, ihr durstlosen Automaten, die ihr nur Arbeit kennt und die Freundschaft lediglich für ein Profitschmer haltet. Merkt's euch, ihr Kurzschlussdenker und Kopfarme, ihr Meinungszappler, die ihr die Treu als eine Mumie anseht, ihr Nachtwandler, die ihr bei Tag keinen Schritt vorwärts wagt. Die Freundschaft bringt euch wieder auf Trab.

> Ein treuer Freund, drei starke Brücken:
> In Freud, in Leid und hinterm Rücken.

Und dies will immer aufs Neue bekräftigt sein, um nicht in einem öden Einerlei zu enden, wo ‚neu' wie ein Fremdwort klingt. Es ist der Wein, der die Phantasie wieder auf die Füße stellt, dass sie nicht zur mechanisch steifen Gewohnheit wird.

Ohne Phantasie wäre das Leben ein langweiliger Finstergang; die Freundschaft hätte keine Luft, um immer wieder auflodern zu können. Das Lebensflämmlein würde jämmerlich blaken.

Also auf, Freunde, traktiert den Freund mit dem besten Wein, denn es ist das Beste, was zum Besten gehört. Wisse, dass alles seine Zeit habe, als zum Beispiel: Lachen hat seine Zeit, Wachen hat seine Zeit, Aufstehen hat seine Zeit, Ausgehen hat seine Zeit, Weinen und Jammern hat seine Zeit, Arbeiten und Schnaufen hat seine Zeit, Kegelschieben hat seine Zeit, Studieren hat seine Zeit, Spazieren hat seine Zeit. Wir suchen und verlangen nichts anderes, als die Zeit zu vertreiben und zu verkürzen mit Spielen und Gesprächen und Kurzweilen, mit Gesellschaften und allerlei Narrendeutungen und Guck-indie-Luft-Träumen. Unterdessen werden wir von der Zeit vertrieben und verkürzt bis ins Alter hinein, wo alles schwerer wiegt, die Schritte kleiner werden. Da erkennen wir erst, was die Zeit sei, und fangen an zu klagen über die Zeit.

Es ist die Freundschaft, die die Zeit zum gunstreichen Compagnon macht und dem Alter die gelassene Heiterkeit schenkt. Das muss mit Wein immer wieder bekräftigt werden.

Die Zeit steckt voller Gelegenheiten: Ein Dummkopf, wer sie schlafmützig versäumt, und ist's einmal mit uns zu Ende und der Tod holt uns ab und weg, auch das hat seine Zeit – gedenkt der Freunde, ihr, die ihr zurückbleibt, trinkt zum Gedächtnis Wein.

> Und Herr kommst du zum Gericht.
> Ich bitt, verdamm uns nicht!

Die Völlerei

Ein Dämon mit Löffelohren, einem Gabelgebiss, einer messerschar-fen Nase und einem tellergroßen Kinn. Die Augen sind von Fett eingedämmt. Der kannenschlanke Hals wächst aus dem fassbreiten Rumpf und birgt einen Adamsapfel von der Größe eines mittleren Kürbisses. Er ist mit einer Art Zwiebelschalen bekleidet und mit Knoblauch umgürtet. Seine Haut hat die Farbe eines gut gerösteten Ferkels. Sein dicklippiges Maul steht lüstern offen und fasst in einem einzigen Zubiss gut einen gefüllten Kohl, wenn nicht gar einen knusprigen Hahn. Sein Atem gleicht den Duftschwaden einer gut gewürzten Suppe. Die Brust nähert sich matronenhafter Fülle und wippt im Takt der Schritte. Jedoch ist seine Stimme im tiefen Bass angesiedelt und kommt meist als Hungerschrei hervor. Um den Hals trägt er getrocknete Gewürze und zierliche Pfefferschoten. Die Arme, nicht muskulös, sondern wohl genährt, enden in nicht sehr zarten Pranken, die Gabel und Messer zu schwingen wissen, sonst jedoch eher ungelenk sind. Die Beine sind zwei Tönnchen eigener Art. Das DING besitzt Majestät, es ist ein unerschöpfliches Krän-lein, nimmermüder Zapfhahn, ein weitbogiger Tausendsasa und Hansguckindieluft. Es ist durchweg fettleibig und muss, um seinem Körper Nachdruck zu verschaffen, ständig essen: dabei hat er keine bestimmten Prädilektionen, er frisst, was ihm zwischen die Zähne kommt, und grimassiert von der Stirn bis zum Bauchnabel beim Kauen, schmatzt, schnauft, und Ströme von Fett furchen sein Kinn.

In diesen nicht seltenen Augenblicken des Genusses kommt sein ganzer Leib ins Schwingen. Seine vorzügliche Verdauung, die nur die Quintessenz aus den Bissen herauszieht, hält den Hunger wach. Er schwört, es sei denn, er ist satt, da er aber nie satt ist, schwört *er nie. Das gleiche gilt für das Denken. Er kennt die Welt nur mittels der Zunge.*

Er ist nicht Fisch noch Fleisch, nicht Vogel noch Kraut, noch Wein: er ist alles auf einmal.

Ihn ernährten zwei Frauen und einige Milchflaschen, zwei rundliche Frauen, die aufjauchzten, wenn „der kleine Wurm", wie sie Max nannten, die Brust suchte. „Ist ja ein bisschen viel", sagte der Vater. „Er holt mich noch ein." Aber es kam nicht mehr zu einem Wettkampf zwischen Vater und Sohn, denn der Vater trank sich aus der Welt, vertrank seine ganze Habe, so dass die Mutter lediglich ihre Schönheit und Max behielt, die sie beide sehr ungestüm pflegte und mit Milch und Fett traktierte.

Max war ein aufgewecktes Kind und führte den Löffel schon sehr früh zum Munde. Rotwangig lag er in seinen Kissen, mit schmatzenden Lippen und zitterndem Mund. Hungergebrüll färbte sein Gesicht puterrot, und es schien, als ersticke er in den Zuckungen seiner Adern und in dem ganz bis zum Platzen geschwollenen Leib. Aber er bekam seinen Brei, und eine Woge von kleinen Schlückchen durchtobte den anfänglichen Körper.

Max wusste, worauf es ankam.

„Wer laut schreit, wird erhört."

Noch ehe er Abc-Schütze und Messer-und-Gabel-Held wurde, wusste er schon in der Küche Bescheid, strich um den summenden Ofen herum und atmete den Duft der Speisen ein, die, in die finsteren Töpfe eingekerkert, brieten, brutzelten und kochten. Max war ein talentierter Topfgucker und Bratofenspion, blähte erwartungsvoll die Nüstern und erriet die Speisen nach deren Geruch. Angebrannter Brei verschaffte ihm Leid.

Manchmal schob er im Ungestüm der Erwartung einen Stuhl an den Ofen und entdeckte die Töpfe, dass Schwaden zierlichen Rauchs in die Höhe schossen. Nur der herbeistürzenden Mutter verdankte er sein Leben.

„Du nimmst noch ein schlimmes Ende!", schrie sie ganz außer Fassung und putzte ihrem Sprössling die Nase.

Nun, Max entging allen Gefahren der Küche und schärfte Zunge und Nase: schnell hatte er die Algebra der Gewürze durchschaut und kalkulierte wie ein gastronomischer Euler. Die magische Kraft des Basilikums unterschied er von dem lieblichen Majoran, den bitteren Lorbeer von dem garstigen Pfeffer, den betäubenden Zimt von dem zungenreizenden Ingwer. Als er in der Schule das i-Tüpfelchen-Setzen lernte, konnte er schon mit seiner kleinen dicklichen Hand die Gewürze über die Speisen streuen und Hungerreime aufsagen:

> „Majoran und Pfifferling geben eine Suppe,
> Wenn ich schlürfe, wenn ich schluck',
> ist mir alles schnuppe."

Er aß und wurde älter, ohne dass er davon viel verspürte, wuchs in die Höhe, wuchs in die Breite und wurde sehr bald ein Schrank von einem Mann, in dem sich ungeheure Massen von Speisen und Wein verstauen ließen. Er liebte öfters, und zwar nur deswegen, weil es Hunger machte. Überhaupt tat er alles nur unter diesem Aspekt, streckte und reckte sich, arbeitete gar mit den Händen und träumte von der Essbarkeit der Welt: mit dem bloßen Zuschauen, Tasten, Riechen und Hören wollte er sich nicht begnügen. ‚Wie wäre es denn', fragte er sich im Hungerdelirium, das ihn zwischen den Mahlzeiten quälte, ‚wie wäre es denn, wenn alles Schöne auf der Zunge zergehen könnte und in einem triumphalen Schluck zu genießen wäre?'

Lange Sätze brachte er nicht zustande: er musste die Kehle befeuchten, den Pegelstand seiner Trunkenheit immer auf der

Höhe des Glücks halten, dass er nicht schwankte, sondern schwebte, nicht stammelte, sondern säuselte. Dann erst zeigte sich ihm die Welt im garen Zustand, dann wurde die Küche ein unerschöpfliches Fass an Einfällen und Visionen. Er sah die blank gewichsten Paladine des Schranks, die Töpfe, die heraldischen Gewürzdosen und kostbaren Salzstreuer, die Majestät des Wasserkessels und die grazile Eieruhr. Exotische Ströme von Düften, Rosmarin und Kümmel, Thymian und Dill, fielen über Max her, und die Dämmerung ballte sich zu honigsüßen Äpfeln zusammen. In den Nischen und Winkeln, in halb verlassenen Ecken und quietschenden Schubladen stapelten sich die verheißungsvollen Vorräte, in ausladenden Regalen die koboldhaften Siruptöpfe. An der Wand thronte der gusseiserne Hephaistos mit glühenden Augen, der Ofen – und knurrte ungeduldig.

Was Wunder, dass die Mutter das Haus sehr bald verließ und ihre Schönheit mit einem andern Mann teilte. Max blieb allein zurück, nahm sich gar keine Zeit zu trauern, sondern hüpfte zwischen Tisch und Ofen hin und her, dirigierte das Pfeifen und Klappern der Kochtöpfe, streute Gewürze aus vollen Händen – und trank. So rutschte Tag für Tag durch seine Kehle und erneuerte sich im Hunger. Nur selten ging Max aus dem Haus, um Vorräte einzukaufen. Geld erhielt er von seiner Mutter und von einigen Freundinnen und Gönnern seiner Kunst, die seine Liebe und sein Leben erhalten wollten. Aber Max war unbeständig wie die Eierpreise und zog ein gutes Süpplein der Zukunft vor. Dabei konnte man ihm eine gewisse Gutmütigkeit nicht absprechen: er aß lieber in Gesellschaft und schmatzte lieber im Duett als allein, prostete lieber einer anderen durstigen Kehle zu, kreuzte lieber mit einem anderen Hungerfreund die Gabel, als dass er allein zu Tisch und Gericht saß.

Manchmal, in der Nacht, wenn er von einem bösen Traum aus dem Schlaf geschreckt wurde und er glaubte, dass sein letztes Stündlein geschlagen hat, sprang er angststeif aus dem Bett, das er in der Küche aufgeschlagen hatte, riss den Backofen auf, in dem stets eine scharf gewürzte Pastete auf ihn wartete, und vertilgte sie, fiel über die erkalteten Speisen her, biss in geräucherte Würstchen, zermalmte, kaute, schluckte und schlang. In diesen Augenblicken der Angst suchten ihn Heerscharen von Hunger und Durst heim – und es kam vor, dass er in der Verzweiflung gar in Holz biss und sich die Zunge an Eisen blutig stieß. Erst mit Ermatten des Bauches schwand das Unheil aus der Finsternis und die Drohung aus den Schemen der Möbel.

Diese kleinen Tragödien ereigneten sich jedoch nur selten, denn Max verstand es durch geschickte Komposition der Speisen und Gewürze seine Verdauungsträume zu lenken.

Es konnte jedoch auch vorkommen, dass er, durch Eier, Trüffel und Stierhoden aufgepeitscht, im Rausch die Küche mit seltsamen weiblichen Wesen bevölkert sah, die er in Bocksprüngen zu erhaschen suchte – und dann doch nur einen Stuhl in den Armen hielt, dass ihn die Rippen schmerzten. Aber gegen die Enttäuschung hatte Max stets die Arznei einer Zwischenmahlzeit oder eines Humpens. Sein dreißigstes Jahr gedachte er mit einem Fest zu eröffnen, für sich, seine Freundinnen und seine Freunde, reimte Trinksprüche, kaufte ein, dass er krumm ging unter den Lasten, wählte ein rosiges Ferklein aus, die saftigen Lenden eines Hammels, geschmeidige Kalbsnieren, Spargel und Trüffel, Hähnchen zum Introitus und Karamelcreme als Epilog, Käse von Tilsit bis Edam, dazu Trockenbeerenauslese aus fürstlichen Fässern.

Max musste die Taschenuhr seines Vaters versetzen und den Hochzeitsschmuck seiner Mutter, um den frechen Forderungen der Händler gewachsen zu sein, verschloss sich dann siegesgewiss in der Küche, stimmte in seinem hungrigen Bass dies und das Trinkliedlein an, dass die Fensterscheiben erzitterten und die Teller schepperten. Er tanzte zwischen Ofen und Tisch, zwischen Tisch und Schrank, zwischen Schrank und Wasserhahn hin und her, Alchimist und Henker zugleich, und las aus den weißgelben Wölkchen, die unter den Deckeln hervorzischten, die hungrige Zukunft. Die zundertrockene Kehle benetzte er, um sich frei zu machen von der schon verdauten Vergangenheit. Der Duft der Gewürze hüllte ihn ein und rötete seine Wangen.

Die Besucher fanden Max vor dampfenden Tellern und randvollen Gläsern, zufrieden lächelnd und mit dem verschwörerischen Blick eines Revolutionärs. Der Tisch bog sich unter der Bürde der Schüsseln und Töpfe.

„Im Trockenen wohnt nimmer eine Seele!", schrie Max und lud, nachdem er den Ansturm von Umarmungen und Küssen überstanden hatte, seine Gäste ein, tapfer zu beginnen und nicht so bald die Waffen zu strecken, hob das Glas an die Lippen, warf den Kopf nach hinten, füllte den Schlund und schob den Löffel in die Suppe. Die Teller lärmten, die Lippen schmatzten, der Wein floss honigfarben, dass die Augen zufielen und nach innen schauten.

„Mehr!", schrie man. „Gut!", schrie man. „Er lebe!", schrie man. Die Gläser gingen um und besänftigten die von Gewürzen gepeinigte Zunge. Mieder und Hosen wurden gelockert. Ei!, wie die Mäuler fieberten, die Ohren wackelten und die Schenkel glühten. „Her mit dem Hähnlein, dass es auf der Zunge vergehe. Fress dir die Welt in den Leib, sauf dir ein Fässlein an!"

Als sich der Kampf gelegt und der Käse den Magen beruhigt hatte, wollten die Gäste auf die Gesundheit des Gastgebers trinken, aber sie sahen über den mit abgenagten Knochen bedeckten Tisch hinweg nur einen leeren Stuhl. Max war verschwunden.

„Es hat geschmeckt", sagte einer versonnen und wischte sich den Schweiß.

Die Wollust

Ein kurzbeiniger, langohriger Dämon, der sich durch Hüpfen fortbewegt und fortpflanzt. Seine fleischige Nase beherrscht das Gesicht. Die dicken Lippen, unter dem Tor eines buschigen Schnurrbarts, lassen die kräftigen Zähne frei, die immer etwas zu kauen haben. Die Augen, klein und mausschnell, provozieren. Das dichte Haar belagert den Kopf bis zum Rückenansatz und kräuselt sich um die Ohren, die zugespitzt sind. Das Kinn drückt den Kopf angriffslustig nach unten. Der Körper, bettbreit und muskulös, ist schmal in den Hüften und prall in den Lenden. Ein goldgelber Flaum bedeckt ihn und sonst nichts, so dass alles in verblüffender Deutlichkeit zutage tritt. Über den Rücken wächst ein Vlies. Das Gemächt hat eine vielfältige Physiognomie, die sich ganz nach dem Gegenüber richtet: es ist eine tapfere Hauptmacht, ein unermüdlicher Stratege, ein unerschrockener Deklinator, ein Wer-weiß-was-ich-weiß.

Der Dämon liebt die Mittagsstunde und die unruhige Hitze, die zwischen den Steinen aufflammt. Er spricht nicht, sondern singt mit Hilfe seines ganzen Körpers, dass Stiere und Hengste aus dem Gehege ausbrechen und Schafe das Kauen lassen. Er liebt die Zahl ZWEI und hasst Männerchöre. Er tut es mit dem Westwind und dem Ostwind, mit dem Nordwind und dem Südwind, mit Tieren aller Art, mit grobrindigen Bäumen und der Erdscholle. Er dampft, schwitzt, zuckt, stirbt und steht unbesiegt wieder auf, den Staub aus den Haaren schüttelnd. Er ist ein gern gesehener Gast einsamer Frauen. Er verachtet das Geziere. Seine favorisierte Mahlzeit ist das allerliebste Hühnerei, das er roh vertilgt. Auch schätzt er den Wein, den er aus der Flasche in sein Maul gießt, ohne zu schlucken.

*Er hält die Philosophie für eine Zote und kennt auch nicht die Ein-
schüchterungsversuche der Mathematik. Dafür ist er ein Meister der
Chemie und braut allerlei Säftchen und Tinkturen zusammen, die
ermuntern. Meist weilt er in der Nähe des Feuers. Im Winter ver-
kümmert er zu einem Schwadroneur.*

*Manche jagen ihn, vergessen aber, dass er nur eine Vision ist,
nämlich ihre eigene.*

Schon sein Vater liebte sehr oft, wenn man dem Gerede der
Leute Glauben schenken will. Tatsache war, dass ein Album
existierte, das viele Frauenbilder enthielt, dunkeläugige und
wild behaarte, sanftmütige und katzenhafte. Schön!

Jedoch der unbestechliche Beobachter hätte leicht herausfinden können, dass die Damen samt und sonders hehre
Gestalten der Geschichte waren, einer Geschichte freilich, die
nur selten in Daten Geschichte macht. Max, von dem hier die
Rede sein soll, der glückliche Sohn des noch glücklicheren
Vaters, empfand die hingetuschelten Gerüchte eher als Bestätigung seiner Hochachtung vor dem Vater, der zu einem
schwarz glänzenden Schnurrbart seidene Hemden trug und
einen Brillantring, ohne Geigenvirtuose zu sein. Er war ein
Meister des Wortes. Er konnte erzählen, dass man sehr schnell
vergaß, nur Zuhörer zu sein, unversehens war man Augen-
zeuge, war man selbst Akteur, triumphierte man.

Mit der Wahrheit hatten diese Geschichten wenig zu tun,
aber, bitte sehr, heißt das gleich lügen? Ist es wichtig, ob der
Brillantring ein Brillantring war oder nicht, die Gräfin eine
Gräfin oder ein Dienstmädchen, das Bett nur ein Bett oder nur
die verheißungsvolle Seite eines Buches. Max liebte die
Geschichte mit der Gräfin, obzwar sie keine Pointe hatte, sondern nur das Glück einer glücklichen Nacht berichtete. Auch
machte es weiter nichts aus, dass die Gräfin oder dergleichen

einmal schwarzhaarig, dann rotblond, nein, wie sagte er wört-
lich, tizianrot oder gar gertenschlank oder mollig war. Der
Vater kostete die Attribute aus, er hatte ein geradezu gastrono-
misches Behagen und schloss die Augen.

Die Mutter, die weniger Gefallen an den galanten Geschich-
ten hatte, warf ärgerlich ihr Strickzeug in den Schoß und sagte:
„Du vergisst wohl, dass Max noch nicht trocken hinter den
Ohren ist."

Max hasste diese Unterbrechungen der Mutter, die mit einer
einzigen hämischen Bemerkung den Vater aus dem Konzept
brachte, dass er stotterte, ganz zusammengekrümmt in seinem
großen Ohrensessel saß, hilflos und unsicher, weil er den Faden
verloren und die Gräfin und dergleichen vergessen hatte. Er
sprach noch einige lächerliche Sätze, schaute auf die Uhr und
schickte seinen Sohn ins Bett. Max bewunderte seinen Vater,
bewunderte, wie er in kühn gebügelten Hosen einherging, die
Lippen zu einem lautlosen Pfiff zugespitzt, die Haare sorgfältig
gekämmt, bewunderte die hingebungsvolle Geste, wenn er den
Frauen nachschaute, bereit, in diesem Augenblick alles stehen
und liegen zu lassen, in keck gamaschierten Schuhen hinterher-
zulaufen, sich zu verbeugen und Komplimente zu flüstern.

Der Vater züchtete überdies Kakteen. Abends defilierte er an
der Reihe verschlafener, stachelbewehrter Ungetüme vorüber
und schaute nach dem zarten Ansatz einer Blüte.

Einmal überraschte ihn Max vor dem Spiegel im Bad, als er
mit einer kleinen Schere sich die Haare abschnitt, die ihm aus
den Ohren wuchsen.

„Das waren noch Zeiten!", sagte er zu seinem Spiegelbild und
machte einige Schritte zurück, ‚Tanzschritte‘, dachte Max und
stellte sich seinen Vater vor, wie er, eine schöne Frau in den
Armen, sich im Kreise drehte, während ein Kellner Champag-
ner kühl stellte.

In der Schule erzählte Max beim Tausch von Zigarettenbildchen, die Filmdiven in Farbe zeigten, dass sein Vater solche Weiber glatt um den Finger wickelte, „um den kleinen Finger, wenn ihr wollt".

„Hast du schon einmal eine Frau nackt gesehen?", fragte einer. Max nickte geheimnisvoll und erzählte die Geschichte seines Vaters – die mit der Polin und dem Papagei.

„Das war also so!"

Er bemühte sich, dieselben Worte zu benützen wie sein Vater, verirrte sich aber bald in dem Gestrüpp unheimlicher Wörter – und erfand schnell ein gutes Ende. Nun, es blieb nicht bei dieser Geschichte. Max ging den bunten Reigen aller Abenteuer seines Vaters durch. Niemand verstand ihn so recht, und so begann er, gereizt durch die Stumpfheit seiner Zuhörer, tüchtig aufzutrumpfen – mit den Karten seiner eigenen Phantasie, und das kam den Lehrern zu Ohren.

„Wissen Sie, was Ihr Sohn in der Klasse alles erzählt?" Man sagte es dem Vater, und der Vater sagte es Max mit einem traurigen Lächeln.

„Im Grunde genommen, mein Sohn, existieren nur die Träume." Max wandte sich empört ab und schlich nachts, barfuss und im Hemd, in das Wohnzimmer und durchstöberte den Schreibtisch nach dem ominösen Album.

„Und das da?", fragte er den Vater am nächsten Morgen. Dieser errötete und ließ das Ei ungeköpft. Max hielt das Album in den Händen und stieß den Finger ungeduldig zwischen die Seiten, dass es aufsprang und eine Reihe glänzender Frauenporträts sichtbar wurde.

„Und das da?"

Max begann mit flammendem Gesicht in dem Album zu blättern, und all die blassen Schönheiten huschten vorüber, glutäugig, schmachtend, erblassend, mit schimmernden Zähnen und Grübchen in der Wange. Ein leichter Duft von Parfüm entstieg den Seiten. Der Vater kroch in sich zusammen. Plötzlich hatte er ein kleines, mageres Gesicht, müde Augen über dem farblos herabhängenden Schnurrbart. Durch das offene Fenster drang der Lärm der Straße. Max ging kleinlaut zur Schule.

In der stumpfen Gleichgültigkeit der folgenden Tage bemerkte er gar nicht, dass sich die Welt von Grund auf verändert hatte. Der Vater trug lächerliche Pulswärmer und einen nach Mottenpulver riechenden Schal. Das Album wanderte in den Mülleimer, wo all die Schönheiten in Chamois zwischen Heringsschwänzen und abgenagten Knochen verdarben.

Als Max in das Alter kam, in dem man darauf Wert legt, eine lange Hose mit einem Gürtel zu tragen und sich Koteletten wachsen zu lassen, in dem die kindliche Stimme versagt und in glucksende Männlichkeit überkippt, in dem man, der Trivialitäten überdrüssig, sich aus der Masse herausschält und erhobenen Hauptes über die Straße geht und keinen Menschen mehr kennt, sich selbst auch nicht. In dieser Zeit stolzer Einsamkeit, in der das Träumen sich auf einen einzigen Gegenstand konzentrierte, nämlich auf die Gewinnung weiblicher Gunst, die hinter so viel Rüschen und Gekicher versteckt blieb und durch kein mutiges Wort zu bannen war. Hier musste vorerst der verheißungsvolle Blick genügen und die Andeutung von Tragik.

Max verliebte sich gleich in ein Dutzend Frauen, es können auch mehr gewesen sein, so besonders die Frau des Apothekers, eine gewisse Martha, die durch die Höhe ihrer Brust und die Tiefe ihrer schmachtenden Augen – sie war gallenkrank – Max in die Rolle eines Selbstmordkandidaten drängte, wenn nicht Rosa gewesen wäre, Rosa mit dem Teint von Schaufensterpuppen und dem Leberfleck auf der Stirn, sie erwiderte wenigstens den Gruß, den Max ihr über die Straße zunickte, den verstümmelten Rest eines Komplimentes aus der Schule seines Vaters. Oder gar Anna mit dem babylonischen Haarturm und der verführerischen Zahnlücke, die Klavier spielte. Oder Ruth, die auf hohen Absätzen abends durch die Straßen wandelte und an den Schaufenstern stehen blieb, um den Zufall eine Chance zu geben. Max sah sie und hatte die Kühnheit, sie anzusprechen, musste sich aber sagen lassen, dass sie kein Kindermädchen wäre.

„Sie wird noch auf den Knien vor mir liegen."

Aber vorerst lag Max auf den Knien, bildlich gesprochen. Wie wollte man auch anders.

Max schwelgte in glühenden Briefanfängen: er sah seinem Tod ins Angesicht, unheimliche Krankheiten keimten in ihm, und er träumte schlecht, das heißt gut, erging sich in weit ausladenden Armen und weinte sich an gutmütigen Brüsten aus, versank in bodenlosen Umarmungen und strandete an glutvollen Lippen. Im kümmerlichen Viereck seines Bettes erlebte er die phantastischsten Lieben, intrigierte gegen sauertöpfische Ehemänner und rachedurstige Eltern, rasierte sich dann mit dem Messer seines Vaters und zog die Vorhänge auf, so dass sich das Fenster mit Himmel füllte, mit seinem Himmel und den sich paarenden Wolken, der tanzenden Sonne und den Schwalben, die die Schornsteine streiften. Das war der Augenblick, in dem Max sich vornahm, endlich Ernst zu machen, Ernst mit den tausend Möglichkeiten, die in ihm steckten. Er zog seine Hosen an und ging in die Schule, wo er weiter an seinen Briefanfängen feilte. Auch arbeitete er an einem Tagebuch, das zwischen all den Marthas, Rosas und Annas hin und her wogte und oft über die Ufer der Verständlichkeit trat. Es gipfelte in wilden Ausrufen und schön geschriebenen Fragezeichen. Der Vater verfiel immer mehr. Die Enden seines Schnurrbartes wurden grau, und der Hals wuchs faltig aus dem Kragen.

„Was macht die Liebe?“, fragte er Max und suchte Haltung in der zu weiten Jacke. Die siegreiche Miene des Kennertums war aus seinem Gesicht gewichen.

„Die Welt ist leer geworden“, fügte er hinzu und versuchte zu lächeln. Max huschte mit der Bewegung eines Diebes an ihm vorüber. Meist kam er sehr spät nach Hause, zog die Schuhe vor der Haustür aus und stieg in Strümpfen die Treppe hoch zu seinem Zimmer, zog sich nackt aus und legte sich auf das nachtkühle Bett.

Als man den Vater beerdigte, weinte Max über sich selbst, und als ihm seine Mutter eröffnete, er müsse es nun endlich einmal wissen, sein Vater sei gar nicht sein richtiger Vater gewesen, packte er seine Sachen in einen brüchigen Koffer, der mit exotischen Hotelschildchen beklebt war, und verschwand.

Die Mutter ging von Haus zu Haus und fragte alle Frauen nach Max, denn sie glaubte fest, er würde sich in irgendeinem Schlafzimmer versteckt halten, aber sie fand ihn nicht.

„Wer ist Max?“, fragten die Frauen und erröteten, als sie den Verdacht aus den Worten der Mutter herausspürten.

„Leider ist hier kein Max oder wie er auch immer heißt.“

Das Geheimnis der Wurst

Es war die Zeit der Knickerbocker und Lodenmäntel, der breiten Damenhüte, Koppelschlösser und blank gewichsten Schaftstiefel, als ich das Wurstessen lernte. Ei, könnte einer einwerfen, das ist doch weiter keine Kunst. Man macht den Mund auf, beißt zu, kaut und wird satt. Und doch macht das noch lange keinen zum Wurstesser. Aber bitte, alles der Reihe nach, Bissen für Bissen, um beim Thema zu bleiben.

Mein Großvater, dem ich damals kaum übers Knie reichte, liebte sonntägliche Spaziergänge, die er mit einem Spazierstock ausführte. Beim Gehen schlug seine schwere Uhrkette gegen den Bauch, seine sonntäglichen Schuhe ächzten, und seine Nase rötete sich. Ich trippelte drei Schritte hinter ihm her und trat die Löcher zu, die er mit dem Stock in der Erde hinterlassen hatte. Unser Weg war immer derselbe, selbst die Menschen, denen wir begegneten, waren immer dieselben, und da mein Großvater nicht der einzige war, der nach der Uhr lebte, sahen wir sie auch noch jedes Mal an derselben Stelle. Die Fahnen auf dem Paradeplatz zeigten die Wetteraussichten an. Hingen sie schlaff herab, blieb das Wetter, wie es war, klatschten sie gegen die Maste, änderte sich das Wetter. Frauen in matten Seidenstrümpfen schritten an der Seite steifer Männer. Es verwirrte mich, wenn mein Großvater „Heil Hitler" sagte und Herrn Lorenz meinte, und Herr Lorenz „Heil Hitler" sagte und meinen Großvater meinte. Fast alle hießen Hitler, und ihre Augen leuchteten auf, wenn sie daran erinnert wurden.

Unser Spaziergang endete im Schlagbaum, einer Gastwirtschaft an der Bockenheimer Warte, wo mein Großvater für sich ein Bier und für mich eine Himbeerlimonade bestellte, eine Zeitung auseinander faltete und mich der Betrachtung der Gäste überließ, die laut durcheinander schrien. Es roch nach Sauerkraut und Bier, und über der Theke, über den blank geputzten Zapfhähnen, hing das Bild eines gut gekämmten Mannes mit starren Augen, der eine Hand ans Koppelschloss presste. Er zuckte noch nicht einmal zusammen, wenn ein Skatspieler seinen Trumpf ausspielte, dass die Gläser hochhüpften und überschwappten, er schaute in die Zukunft.

Das Herumschauen machte mich so hungrig, dass ich nicht anders konnte, als meinen Großvater hinter der Zeitung hervorzulocken.

„Ich hab Hunger!", sagte ich.

Mein Großvater war ein Feind des Hungers, das wusste ich. Er faltete die Zeitung umständlich zusammen, sagte, dass man etwas „dageche duhn misst", zahlte und schob mich dann zur Tür. „Du werst mer doch net zu mied sei?" Ich antwortete: „Wenns druff aakimmt, kann ich noch bis zum groofße Feldberch laafe."

Gesagt und schon gelogen. Müde passte ich mich den Schritten meines Großvaters an und fragte ihn wohl ein Dutzend Mal, wo und wann ich denn meinen Hunger stillen könnte.

„Wart ab!"

Der Spazierstock holte weiter aus und stieß härter auf den Boden, so dass die Spatzen aufflogen. Ich hüpfte auf einem Bein, um das andere zu schonen, und jammerte: „Wenn ich net gleich was zu esse krieh, rutsch ich dorch e Kanalgitter."

Mein Großvater lachte und ergriff meine Hand. Ich überließ mich meinen Füßen. Die Bockenheimer Landstraße wollte kein Ende nehmen.

‚Persil bleibt Persil. Ein Volk, ein Reich, ein Führer', buchstabierte ich. Wir überquerten den Opernplatz. Die Straßen wurden enger, und ich sah mein Spiegelbild auf Schaufensterscheiben, schaute ich genauer hin, blickte ich durch mich hindurch auf Würste und Schinken, auf Käse und Pasteten, auf Dosen und Gläser. Mein Hunger drohte mich auszuhöhlen. Schatten krochen aus den Ecken, und die Dächer schoben sich ineinander. Die Menschen gingen mitten auf der Straße und schienen ausgelassener als auf den Trottoirs. Sie taumelten Arm in Arm, sie sangen und zitterten in den Kniekehlen. Ein Geruch von Wein und Fett strömte uns entgegen. Ich suchte Schutz in der Spazierstockweite meines Großvaters.

„Habbe die se noch all?", fragte ich eingeschüchtert.

„Des sinn nix als Worschtesser, die hawwe de Mund e bissje vollgenomme."

Ich hatte Angst, in der lärmenden Masse grölender Männer und kreischender Frauen verloren zu gehen. Unter einem offenen Durchgang, den das Erdgeschoss eines rot gestrichenen Hauses zu einer dunklen Gasse bildete, drängten sich die Wurstesser zusammen, und zwischen zerstiebenden Dampfwolken erblickte ich glänzende Wurstkringel, die an Stangen herunterhingen. Zwei mächtige Eichensäulen stützten das Haus; ein schwarzes Maul gähnte mich an. Die kleinen Fenster blinzelten müde. Unter meinen Schuhen raschelte Papier.

Ich winkelte meine Ellenbogen an und schlüpfte in den Stand, hinter dem ein dicker Mann seine roten Hände rieb. Sein Kopf war halb hinter Würsten verborgen.

„Ei Bubsche", sagte er mit hoher Stimme, „willste e Gelbworscht?"

Mein Großvater bejahte es an meiner Stelle und fingerte in seiner Manteltasche nach Geld. Der Mann stieß mit einer

langzinkigen Gabel in den Kessel, der auf einem Holzkohlen-
feuer tanzte, und holte eine eidottergelbe Wurst hervor, die er
mir auf einem kleinen Stück Papier überreichte.

„Als e Kind geleckt
so e Gelbworschthaut voll Saft,
was uns Kinner Lewenskraft,
Lewensfreud un – Lust gemacht!"

Er sang es mit zitternden Backen und fügte in Prosa hinzu:
„Verbrenn der awwer net die Gosch!"

Aber der Rat kam zu spät. Ich leckte mir die Lippen mit der
Zunge. Um mich herum sah ich kauende Gesichter. Augen fielen zu, die Backen strafften sich, die Köpfe rotierten. Ich sah auf
den Boden und sah Lachen von Bier, Papierknäuel, Stiefel,
Knickerbockerhosen, Damenschuhe und Strümpfe.

Ich wagte nicht hochzuschauen – in das Meer kauender
Münder, in die grausamen Gesichter, die voller Verachtung auf
die Würste starrten und zubissen und schmatzten und schluck-
ten. Ob es bei den Würsten blieb, fragte ich mich und meinen
Großvater, der auch wusste, was außerhalb Frankfurts geschah
und geschehen konnte. Er antwortete: „In Grönland esse se
verfaulte Seehundskepp und in Afrika gebackene Heu-
schrecke."

Ich schluckte. In meinen Ohren dröhnte es.

„Heil Hitler! Bitte e ganz Portion!"

Die Stimmen hüpften über meinen Kopf hinweg. Ich schob
meine gerade angebissene Gelbwurst meinem Großvater vorsichtig in die Manteltasche und wischte mir den Mund ab.

„Ei, schon satt?", fragte mein Großvater, der noch nichts von
seinem neuen Besitz wusste. Die Welt drehte sich, die Häuser
wackelten, der Boden zitterte.

„Nemme Se den Bub ham! Der verdreht ja die Aache wie en dode Mann nach em Finfer."

Und mein Großvater, der schon längst die Veränderung meiner Gesichtsfarbe bemerkt hatte, bahnte mir einen Weg durch die Wurstesser, durch Gerüche von Fett und Schweiß und Heil-Hitler-Rufe und Knickerbockerhosen. Kaum umfing mich wieder die muffige Stille einsamer Gassen, sagte ich so nachdrücklich, wie es mein Magen erlaubte: „Also des kann ich der sache, ich ess nie mehr Gelbworscht. Was issen da eigentlich drin?"

„Hirn!", erwiderte mein Großvater.

Ich verstummte und fürchtete mich vor kommenden Gedanken.

Das Opfer

Noch immer steckte in Blum die Ausgelassenheit der durchzechten Nacht. Auf seinen blank gewichsten Stiefeln glänzte der gelbliche Schimmer der Morgensonne. Er hatte traumlos geschlafen und war jetzt glücklich „wie nach einer Hochzeitsnacht". Blum liebte diesen Ausdruck. Jedes Jahr sollte man eine neue Frau heiraten, eine junge Frau. Ohne Frauen gibt es kein Glück. Er schob das Koppel zurecht. Die Stiefel quietschten.

Blum stand auf der Treppe, die entzündeten Lider gesenkt, und schaute auf den schlammigen Boden, der von einem Netz von Wagenspuren durchzogen war. Kleine strohgedeckte Häuser mit weiß getünchten Wänden säumten die Straße. Die Sonne ritt triumphierend auf dunklen Wolken.

Blum hasste Schmutz. Er betrachtete seine Stiefelspitzen. Dann schritt er aus und versank bis zu den Knöcheln im Schlamm.

Seine Kompanie war nach heftigen Kämpfen an der Front in dieses fast unzerstörte Dorf zurückgezogen worden. Die Bauern waren mit ihren Pferden in die Wälder geflüchtet und hatten nur einige Hühner zurückgelassen, die ängstlich zwischen den Lastwagen herumliefen.

Gestern Abend hatten Blum und die anderen die Häuser durchstöbert, ein mageres Schwein abgestochen und einige Flaschen Schnaps entdeckt. Blum war betrunken unter den Tisch gesunken, die Kehle heiser von vielstrophigen Liedern, in den Händen hielt er die zerknirschte Fotografie einer Frau. Sie lächelte, hatte hervorstehende Backenknochen und sanfte Augen.

Am Morgen war Blum hochgetaumelt und zwischen den gespreizten Beinen der Schlafenden nach draußen gewankt und hatte das Gesicht in den Brunnen getaucht. Die Fotografie steckte er unter das Hemd auf den nackten Körper. Auf seinen Lippen brannte der scharfe Geschmack des Schnapses. Der Rücken schmerzte. Beim Gehen knickte Blum in den Knien fast ein.

Hinter der Schule, dem einzigen zweistöckigen Gebäude des Dorfes, wurden aufgeregte Stimmen laut. Einige Soldaten trieben mit angelegtem Gewehr einen schmalschultrigen Mann vor sich her, dessen weiter Mantel am Boden schleifte. Dicke schwarze Haare hingen in Locken über den Kragen.

Der Gefangene versuchte etwas zu erklären und wedelte mit den Armen, wobei der Mantel sich wie ein Gefieder blähte. Er stolperte, ohne seinen gestenreichen Redeschwall zu dämmen. Keiner konnte ihn verstehen. Man hatte ihn in einem Strohhaufen gefunden, unter Pferdedecken vergraben, einen trockenen Laib Brot in den Armen. Auch trug er ein Messer im Gürtel. Seine Gestalt war von aufsässiger Dürre. Der Mantel flatterte drohend. Die Gruppe kam auf den Soldaten zu, der, um nicht im Schlamm zu versinken, weiterging, bis er drei Schritte vor dem Gefangenen zu stehen kam, den er misstrauisch musterte. Der Gefangene mochte dreißig Jahre alt sein. Er hatte die papierblasse Stirn eines Gelehrten. Auf seiner Nase saß eine verbogene Brille, die seine Augen verbarg. Bartstoppeln färbten seine Wangen bläulich. Der Adamsapfel schob sich unter dem Hemdkragen hervor. „Was ist mit ihm?", fragte Blum.

„Mit dem Messer ist er auf uns losgegangen."

In der Tür des Schulhauses erschien der Kompanieführer, der sich fröstelnd die Hände rieb. Die Soldaten salutierten, so gut es in dem Schlamm ging. Der Gefangene schwankte.

Ein Soldat berichtete umständlich, was geschehen war. Der Kompanieführer betrachtete den Gefangenen, seine Augen glitten an der hageren Gestalt herab. Der Hut irritierte ihn. Er fragte etwas auf Russisch, aber der Gefangene, der vorher nicht genug reden konnte, schwieg und raffte den Mantel über der Brust zusammen.

Der Kompanieführer wartete ungeduldig auf eine Antwort. Er war stolz, dass er russisch sprechen konnte. Der Gefangene griff nach seinem Hut und verbeugte sich. Er bewegte auch die Lippen, aber ehe er ein Wort hervorbringen konnte, schrie der Kompanieführer, dem es kalt wurde, er wolle keine Konversation machen, dazu hätte er keine Zeit. Es sei Krieg. Er fuhr in seine Handschuhe und spreizte die Finger.

„Blum", sagte er leiser, „Blum, Sie übernehmen das. Lassen Sie ihn ein Grab schaufeln. Ein Gnadenschuss, Blum, der ihn von seinem armseligen Leben befreit. Wir können es nicht dulden, dass man uns in den Rücken fällt." – „Wir müssen weiter", sagte er zu den anderen und deutete nach Westen auf die Hopfenfelder, über die Morgennebel hinwirbelten. Er winkte dem Gefangenen achselzuckend zu. Der stülpte den Hut wieder über seine schwarzen Locken und zeigte mit einer entsetzten Verbeugung, dass er die Worte des Offiziers verstanden hatte. Sie alle wussten, dass Blum ein Draufgänger war. Er besaß jene Gleichgültigkeit, die viele für Mut halten. „Wenn ich dran bin", sagte er gern, „hilft mir nichts."

Er salutierte gelassen, indem er seine fünf Finger an den Mützenschirm legte.

„Dawai!", befahl er und ging auf den Gefangenen zu. „Gehn wir sterben." Er nahm die Waffe, die man ihm reichte, und bedeutete dem Gefangenen voranzugehen. Sein Atem stieg vor ihm hoch. Blum hoffte, hinter den Häusern eine Schaufel zu finden.

„Nicht viel Umstände!", ermunterte er sich und steckte sich eine Zigarette an, wobei er das Gewehr in der Armbeuge hielt. Der Gefangene tapste schwerfällig durch den Schlamm, ohne sich umzusehen, manchmal blieb er stehen und rieb sich die Stirn. Auf seinem Rücken hingen einige Strohhalme, die sich bei jedem Atemzug bewegten. Blum glaubte Buchstaben zu erkennen, die sich zu neuen Buchstaben gruppierten.

‚Was für gute Sachen er anhat', dachte er. In die Spuren der Stiefel drang trübes Wasser. Noch immer ritt die Sonne auf Wolkenkämmen.

‚Er wird vor Angst zusammenbrechen.'

An einem morschen Lattenzaun lehnte eine lehmige Schaufel. Blum forderte den Gefangenen auf, zu beginnen. Es fiel ihm schwer, sich durch Gebärden zu verständigen. Er zeichnete ein Grab in die Luft. Blut schoss ihm ins Gesicht, als er sah, wie schnell ihn der Gefangene verstand.

‚Er hat keine Angst. Warum hat er keine Angst?'

„Panje", schrie er, „dawai!" Er wunderte sich über die Schrillheit seiner Stimme, er wunderte sich über die Demut seines Opfers. Der Mann schlüpfte aus dem Mantel, faltete ihn sorgfältig zusammen, setzte den Hut ab, zog den Bauch ein, schöpfte Luft und stieß die Schaufel in nasse Erde. Dabei rutschte er aus und musste sich mit der linken Hand stützen. Seine Brille glitt herab und hing nur noch an einem Ohr. Erst jetzt sah Blum die Augen seines Opfers. Sie waren schwarz und sanft, von jener verwunderten Offenheit, wie sie Kurzsichtigen eigen ist.

‚Er wird mich gar nicht erkennen.'

Blum war glücklich darüber und lehnte sich an den Zaun, der sich unter seinem Gewicht zurückbog. Das Gewehr legte er von der rechten in die linke Hand. Der Gefangene drückte mit dem Fuß die Schaufel in die Erde. Er atmete schwer. Seine schmalen Hände klammerten sich am Holzstiel fest.

‚Er wird sein eigenes Grab nicht zustande bringen‘, dachte Blum und spuckte den Zigarettenstummel aus. Ihn quälte es, keine Fragen stellen zu können. In den angestrengten Zügen des Gefangenen konnte er keine Furcht erkennen.

‚Er will nur, dass ich Mitleid mit ihm habe.‘

„Dawai!“, schrie Blum und stieß den Zigarettenstummel mit der Stiefelspitze in den Boden. Der Gefangene verstärkte seine Anstrengungen. Adern traten an seinem Hals hervor. Schweißtropfen glitten von den Schläfen zwischen die Bartstoppeln. Seine Ohren röteten sich. Stille herrschte und Kühle. Blum spürte die Fotografie auf seiner Brust. Er wechselte das Standbein. Das Warten wurde unerträglich. Der Gefangene hatte erst ein knöcheltiefes Loch gegraben. Seine Brust zitterte.

‚Er wird, ehe er es geschafft hat, zusammenbrechen. Er schwankt schon.‘

Die Hände des Gefangenen glitten an dem feuchten Schaft ab.

‚Er weiß, dass ich ihn töten will. Warum sieht er mich nicht an und tut, als gäbe es mich gar nicht? Was denkt er?‘

Blums Oberlippe glitt nach unten.

„Dawai!“, schrie er. Der Gefangene stützte sich auf die Schaufel und schaute zum ersten Mal auf.

‚Er hat die Augen einer Frau‘, dachte Blum und schaute zu Boden. Der Gefangene knöpfte den Hemdkragen auf und wischte mit einem großen Taschentuch über den Hals. ‚Schieß mich doch nieder‘, schien er sagen zu wollen. ‚Ich habe nicht die Kraft, mein Grab zu schaufeln. Wir verstehen uns doch. Schieß mich nieder und mache ein Ende.‘

‚Mit einem Schuss kann ich diesen Menschen loswerden und wiederum nicht.‘

Blum versuchte sich in die Rolle seines Opfers hineinzudenken. Er wehrte sich gegen sich selbst.

‚Nur einen Augenblick – und dann ist es aus.'

Er zerrte die Fotografie unter dem Uniformrock hervor. Knicke durchzogen das Frauengesicht.

„Meine Frau", sagte er und hielt dem Gefangenen das Bild hin. Er lachte prahlerisch. Der Gefangene lächelte zurück, setzte seine Brille auf und starrte auf das abgegriffene Bild.

‚Warum versucht er nicht zu fliehen?'

Blum zog das Bild wieder an sich und ahmte die Gebärde der Umarmung nach.

‚Er lacht mich aus.'

Der Gefangene klappte die Brille wieder zusammen und grub weiter. Er hatte kaum die Kraft, die Erde weit genug aufzuwerfen: sie rollte in dicken Klumpen in die kümmerliche Grube zurück.

‚Er wird sein Grab noch nicht am Jüngsten Tag fertig haben.'

Blum hob das Gewehr hoch – und plötzlich begann der Gefangene zu singen, und während er sang, stieß er die Schaufel so tief in den Boden, dass er sie nicht mehr herausziehen konnte.

Blum ließ das Gewehr sinken. Sein Magen knurrte.

‚Ach, einen Tropfen Schnaps und ein Ende.'

Der Himmel hatte sich zugezogen. Der Wind strich über Wasserlachen.

„Schweig!", schrie Blum, aber der Mann sang weiter und zerrte an der Schaufel.

Blum trat einen Schritt vor und starrte in das vor Anstrengung feierliche Gesicht. Er konnte seine Neugier nicht mehr zurückhalten. Er musste wissen, wie dieser Mensch im Grunde beschaffen war, der hochmütig mit scharf geschnittenen Zügen, die das Fett entbehrten, die Backen zum Gesang blähte.

„Beruhige dich doch!", flüsterte Blum, aber der Gesang wollte nicht enden. Der Wind trug ihn fort und ließ ihn zu einem

Getöse anschwellen. Blum näherte sich dem Gesicht bis auf eine Handbreite und lächelte ermutigend.

Der Gefangene verstummte und lächelte zurück. Blum trat einen Schritt zurück. Das Gesicht vor ihm glich dem einer Frau aufs Haar.

‚Er verachtet mich‘, dachte Blum. ‚Er ist zwei Köpfe größer als ich.‘ Er starrte auf den hochmütigen, knöchrigen Rücken.

„Dawai!“, sagte Blum zum letzten Mal, packte das Gewehr, da er sich nicht mehr zu helfen wusste, stellte es vor sich hin, richtete es gegen sein Kinn und drückte mit dem linken Daumen ab. Sein Kopf wurde hochgerissen. Der Schuss scheuchte einige Krähen hoch. Der Gefangene machte keine Anstalten zur Flucht, er starrte auf Blum, der langsam vornübersank, und ging auf die Straße zurück, wo ihn einige Soldaten ergriffen und wütend an eine Wand stellten. Er lächelte traurig, als die Kugeln ihn durchschüttelten, aber keiner achtete darauf.

Ein Bauer wechselt die Kleidung und verliert sein Leben

Wie alle Jahre an Karfreitag, wenn die Buben mit den Klappern die Mittagsstunde ankündigen, zwängte Johann Kleespieß ein Lämmchen in den Rucksack, zog die schweren Stiefel an, bürstete sich die Haare nach rechts und links und sagte zu seiner Frau: „Ich gehe."

Trat aus der Tür in den nasskalten Morgen, sah die Wolkenmütze auf dem Erkberg, rieb sich die Hände an den Hosen warm und stapfte durch den Schlamm. In seinen Fußspuren sammelte sich das Wasser.

Seine Schwester hatte nach Roßbach geheiratet, obwohl sie, knusprig wie sie einmal war, etwas Besseres hätte haben können, so aber fand sie einen Mann, der im Ersten Weltkrieg einen Arm verloren hatte, samt seinem Mut, was Richtiges zu werden, der Eisenbahner wurde, Fahrkarten lochte und samstags einen und noch einen Schnaps trank, auch einmal einen Streit anfing, wenn's mit den Worten haperte, aber doch, wie die Nachbarn versicherten, jawohl, eine Seele von einem Menschen war, der ein Kind nach dem andern in die Welt setzte, weil er wenigstens etwas vom Leben haben wollte, schließlich in Gelnhausen unter die Räder eines Güterzuges kam und seine Frau mit fünf Kindern zurückließ, ein sechstes war im Kommen.

Johann Kleespieß, dem weder die Soldatenzeit noch die Wallfahrt nach Walldürn zu Kindern verholfen hatten, sorgte nach dem Unglücksfall für die Schwester, so gut er mit seinem kleinen Hof konnte, einem Besitz, der ihn und seine Frau, sieben Kühe, fünf Schweine, drei Schafe und einundzwanzig Hühner ernährte.

So wählte er jedes Jahr an Karfreitag ein stämmiges Lamm aus dem letzten Wurf, band ihm die Füße zusammen und ging über den Büchelstein, an Karberg und Kerkelberg vorbei nach Roßbach, auf dem Rücken das blökende Lamm, das an Ostern in einem Brattopf sich erfüllen sollte.

Im Jahre 1945, in dem Adolf Hitler dabei war, 56 Jahre alt zu werden – nur von diesem Karfreitag und von diesem Lamm ist hier die Rede –, streckte Johann Kleespieß die Füße aus dem Bett und überlegte, ob es denn angesichts der bösen Zeiten geraten sei, die Schwester in Roßbach zu besuchen. Rheuma plagte ihn. Seine Beine wollten nicht mehr so recht. Wohl umwickelte er sie mit Katzenfellen, aber gegen das Alter nutzt nur der Humor, sagte er sich und seiner Frau und allen andern, die es hören wollten. Das Geld würde eh seinen Wert verlieren, denn die Amerikaner standen vor Höchst, das nur eine schlechte Stunde Wegs entfernt war, und schossen mit ihren dollarschweren Geschützen auf die reichsmarkerleichterten deutschen Soldaten. Aber schließlich hatte Johann Kleespieß bei den Hanauer Ulanen gedient, Anno 1908, hatte Anno 1914 an den Masurischen Seen gelegen, in die Luft und auf die Russen geschossen, das Fleckfieber gehabt, von düsteren Dingen geträumt, sich in fiebriger Einbildung so kräftig abgeschafft, dass er hernach, ohne je richtig gekämpft zu haben, genauso zerschlagen war, als hätt er neben Hindenburg gestanden. Johann Kleespieß hielt was aufs Träumen. Vor der Inflation hatte er geträumt, sein Hof sei abgebrannt, aber in der Nacht von Gründonnerstag auf Karfreitag hatte er nichts geträumt, rein gar nichts, und das konnte viel bedeuten oder auch nichts.

Er trat fest auf, dass die Schuhe ächzten. Die Krähen hockten unruhig auf den Apfelbäumen. In der Lohmühle waren die Läden geschlossen, und das Tor war verriegelt. Hinter dem Erkberg kläfften die Geschütze.

Die meisten Bauern hatten Kassel verlassen, ihre Siebensachen auf Wagen geladen, Truhen, Geräuchertes und dicke Mäntel, Hühner und Hasen in Körbe gesteckt. Im Wald wollten sie den Untergang der Welt erwarten, aber so lang musste man noch leben – bis auf den letzten Mann. Die Kirchturmuhr, die sonst den Tageslauf reglementierte, war stehen geblieben. Der Wetterhahn starrte nach Osten. Johann Kleespieß blickte auf die schmutzig roten Dächer.

Kein Rauch, nur aus seinem Schornstein wirbelte es und zerstob.

„Jesus, Maria und Josef", hatte seine Frau gesagt, und: „In solchen Zeiten geht man nicht vor die Tür."

Aber Johann Kleespieß war vor die Tür gegangen.

„Das, was ein Mann ist, stellt sich der Gefahr." Lange hatte er keine Zeitung mehr gelesen. Die Wahrheit war, dass man nur noch angelogen wurde, selbst sein neuer Hahn hatte wohl einen feurigen Kamm, trat aber bei den Hühnern meist daneben. ‚In dieser Zeit', dachte er, ‚kann man noch nicht einmal der Wahrheit trauen, irgendeine Schweinerei steckt immer dahinter.' Gustav, der Friseur, hatte ihm beim letzten Haarschnitt zwischen Schere und Kamm erklärt: „Das ist das letzte Mal, dass ich dir die Haare schneide. Die Russen sind durch Hinterpommern, du weißt, wo das liegt?"

„Nur auf der Landkarte."

„An die Ostsee vorgestoßen, haben Danzig besetzt, von der Oder sind sie auf dem Marsch nach Berlin, welches, wie du weißt, unsere Hauptstadt ist, wenn das Herz nicht mehr mitmacht, werden die Finger kalt, und in Berlin sitzt unser Führer und isst kein Fleisch und trinkt keinen Schnaps. Und die Amerikaner stoßen von Remagen vor über Hameln, du weißt, wo das liegt, nach Braunschweig, von Trier nach Mainz, und wenn du die Ohren aufsperrst, kannst du sie hören. Wumm Wumm! Und in Berlin sitzt unser Führer und isst kein Fleisch und trinkt keinen Schnaps. Das ist ungesund."

Gustav, der Friseur, erzählte gern, jedes Wort ein Haar. Er wusste sehr viel, und so kam es, dass Johann Kleespieß kahl geschoren wurde, obwohl der Frühling erst provisorisch begonnen hatte.

Johann Kleespieß beschleunigte seine Schritte, verkürzte den Weg über einen verschlammten Acker. Plötzlich entdeckte er am Rand einer Rübenmiete fünf deutsche Soldaten, die unbewaffnet daherkamen, mit verschlammten Stiefeln und offenen Kragen.

‚Das hat es damals nicht gegeben.'

Johann Kleespieß spürte den feuchtwarmen Atem des Lämmchens in seinem Nacken. Im Anblick der Uniformen hob er, wie er's gewohnt war, die rechte Hand an die speckige Schirmmütze, blieb stehen und stand noch, das strampelnde Schaf auf dem Rücken, mit zusammengeschlagenen Hacken, als die Soldaten in Gesprächsnähe kamen. „He, Alterchen", sagte der mit dem pelzbesetzten Mantel und den Reitstiefeln, „noch in den Krieg? Es ist fünf Minuten vor zwölf. Die deutsche Armee macht Feierabend."

Johann Kleespieß, der von seiner Dienstzeit her wusste, dass der familiäre Ton eines Offiziers nichts Gutes verheißt, schwieg auch noch, als das Lämmchen blökte und die Soldaten lachten, schwieg und schaute sich um.

„Das ist aber nett von Ihnen, dass Sie an uns arme Schlucker gedacht haben, denn wir sind, was man auf gut Deutsch hungrig nennt – und dann noch gleich ein Lämmchen. Sehr aufmerksam. Wir wollten fast schon Rüben essen. Wie denken Sie darüber, Alterchen?"

Johann Kleespieß stellte den rechten Fuß vor und sagte, während er in den Gesichtern forschte: „Wenn's recht ist, Herr Hauptmann, das Lämmchen gehört meiner Schwester, die in Roßbach wohnt und sechs Mäuler zu stopfen hat."

„Heutzutage sitzen wir alle im selben Boot."

„Wie Sie meinen, Herr Hauptmann." Johann Kleespieß wechselte das Standbein, es fror ihn an seinem kurz geschorenen Kopf, er spürte ein Reißen in den Gliedern und bedauerte im Stillen, gegen die Mahnungen seiner Frau aus dem Haus gegangen zu sein. ,Sollen die Weibsleut denn immer Recht haben!'

Aber der Mantel gefiel ihm, auf Taille gearbeitet und pelzbesetzt. ,Würde mir passen.'

„Sie haben da einen schönen Mantel, Herr Hauptmann", sagte er und entkrampfte die Hände, legte sie für einen Augenblick an die Hosennaht und steckte sie dann kurz entschlossen in die ausgebeulten Taschen, so dass ihm die Hose über den Nabel herabrutschte.

„Gefällt er Ihnen?", fragte der Offizier und blinzelte mit den Augen, während er den Mantel aufknöpfte und auseinander breitete. „Ein gutes Stück."

Johann Kleespieß schnalzte mit der Zunge. Mit einem solchen Mantel könnte er Staat machen. Er taxierte den Preis. ,Der Mantel kostet so, wie er ist, seine zwei-, dreihundert Mark. Dafür bekomme ich eine Sau. Meine Größe und dazu noch Offiziersqualität.' Er strich sich über die Schnurrbartspitzen, die leicht angebräunt an den Mundecken herabhingen.

„Nichts für ungut, Herr Hauptmann, was ist Ihnen der Mantel wert?" Kaum hatte er es ausgesprochen, bereute er schon die

Frage. „So meine ich das nicht, ich wollt nur sagen, es ist wirklich ein schöner Mantel. Der Schneider verstand sein Handwerk."

Er merkte gar nicht, wie der Offizier die Augen vor Lachen verkniff, er sah auch nicht, wie einer der Soldaten sich die Hände rieb, er sah nur den Mantel und sonst nichts. Der Wunsch, ihn zu besitzen, hatte die Tatsache, dass er ihn noch gar nicht besaß, schon verdrängt – und Johann Kleespieß erschrak, als ihm der Offizier zu verstehen gab, dass er den Mantel haben könne, für die Kleinigkeit eines Lämmchens und vielleicht noch die Manchesterjacke; sie hätten ja, was jeder sehen könne, dieselbe Größe. „Die Hose passt mir sicherlich auch."

„Und Sie meinen das, was Sie sagen?", stammelte Johann Kleespieß und betrachtete seine Jacke und seine Hose.

„Genauso ist es", erwiderte der Offizier.

Johann Kleespieß vergaß die Schwester, vergaß seine Frau, vergaß sein Alter, vergaß den Krieg und die Schweinepreise, knüpfte die lehmigen Schuhe auf, stieg umständlich aus der Hose, zog die Jacke aus.

„Das Hemd auch?", fragte er leise und zitterte im Aprilwind. Schließlich stand er in Unterhosen, die ihm bis zu den Knöcheln reichten, und in einem geflickten Unterhemd vor den Soldaten und klapperte mit den Zähnen. Er bekam den Mantel und die Uniform, stolperte in die angewärmten Hosen, schlüpfte armwedelnd in das Hemd, knöpfte die Jacke zu, die um seine Schultern schlotterte, und warf den Mantel über.

„Wie angegossen, ein neuer Mensch!", schrie der Offizier. Er stand halb nackt vor dem Bauern, kümmerlich weiß gegen den erdigen Hintergrund, sein Bart schimmerte bläulich auf der Kinnspitze. Er zog feierlich die Hose an und kämpfte um sein Gleichgewicht.

„Ich habe ein Gefühl wie Adam", seufzte er, knöpfte die Hose zu und streifte mit einer knappen Geste des Ekels das Hemd über den Kopf.

„Nun, Herr Hauptmann, wie fühlen Sie sich?", fragte er den Bauern, der steif vor ihm stand und fast nicht zu atmen wagte. Pferdegeruch und Schnaps und immer ein durchgedrücktes Kreuz. ‚Wenn es nichts ist, machen wir die Hose wieder hoch.'

„Herr Hauptmann", sagte er und schlug die Hacken zusammen, so gut es in der aufgeweichten Erde ging, und wankte, „Herr Hauptmann, ich weiß nicht, was ich sagen soll. Hab ich Schneid?"

„Wie ein Rasiermesser", sagte der neu eingekleidete Offizier und betrachtete seine ehemalige Uniform. „Wir haben jetzt die Rollen getauscht."

Er lachte, grüßte militärisch und steckte dann die Hände aufseufzend in die Taschen.

„Und das Lämmchen?"

„Eigentlich ist das, wenn ich so sagen darf, unerlaubt."

„Heutzutage ist alles erlaubt, man darf sich nur nicht erwischen lassen." Johann Kleespieß befreite das Lämmchen aus dem Rucksack, gab ihm einen Klaps mit der flachen Hand, dass es über die Ackerfurchen stolperte, und wünschte den Soldaten einen guten Weg – „immer durch den Wald, dann sieht euch keiner". Er zeigte mit der Hand nach Norden und stiefelte mit flatterndem Mantel den Weg zurück, den er mühsam hergekommen war. Das Lamm sprang zwischen die Beine der Soldaten.

Johann Kleespieß sah nicht, wie an der Steffelsmühle drei Panzer über die Wiesen krochen. Er hörte auch nicht die Rufe der Amerikaner, die geduckt neben den Panzern herliefen. Er strich über das Pelzfutter, vergrößerte seine Schritte, reckte sich auf und pfiff, als plötzlich eine Maschinengewehrgarbe ihn

durchschüttelte und zu Boden schleuderte, wo er mit ausge-
breitetem Mantel liegen blieb.

„That's a general!", rief einer der Amerikaner, als er sich über
die leblose Gestalt beugte und sie mit der Stiefelspitze um-
drehte. Blut sickerte durch den zerrissenen Mantel und
beschmierte die blanken Knöpfe.

Karfreitag

Am Karfreitag war das Dorf fast leer. Nur aus wenigen Schornsteinen wirbelte Rauch in die Höhe, um sich sofort unter den Westwind zu beugen. Über dem Erkberg schoben sich die Wolken ineinander und stoben im Wind wieder auseinander. Ziegel klapperten auf den Dächern. Der Wetterhahn des Kirchturms, den ich durch das Fenster sehen konnte, wackelte aufgeregt mit dem Schwanz.

Die Bauern hatten schon längst den Märzhafer gesät. Aber es war in diesem Jahr anders als in den vergangenen Jahren. Die Bauern fürchteten, dass ihnen der Krieg die Ernte verderben könnte. Sie sammelten sich in Häuflein vor ihren Häusern und erörterten die Nachrichten der Zeitung. „Lange machen wir es nicht mehr", stellte Eustach fest, spuckte gegen den Wind und betrachtete seine Schuhspitzen. Er hörte, wie erzählt wurde, das Ohr direkt am Lautsprecher, BBC-London. Jeden Abend.

„Jetzt muss man ein Punkt sein, der keinen Raum einnimmt und in keine Teile zerfällt. Da weiß keiner, dass es mich gibt", sagte Eustach.

„Die kriegen dich schon", sagte einer, „Klugscheißer wie dich kriegen sie schon."

Am Gründonnerstag hielt es keiner mehr im Dorf aus. Sie luden die Leiterwagen mit dem Notwendigsten voll, spannten Kühe und Pferde an und zogen in einer langen Kolonne durch den Kasselgrund in den Wald. Selbst die Hunde nahmen sie mit und ein paar Hühner, die in den verschlossenen Körben gackerten. Die Frauen weinten, als sie den Ort verließen, und stolperten, wenn sie zu lange zurückschauten. Die Alten saßen in Decken eingehüllt auf den Wagen.

Die Eisenreifen knirschten und hinterließen parallele Spuren auf dem schlammigen Weg.

Meine Mutter und ich waren im Dorf geblieben und vielleicht noch zwanzig andere, meist alte Leute, die sich versteckt hielten. Wir saßen in unserer Wohnung, die aus zwei Zimmern und einer winzigen Küche bestand. Das Glück, eine Wohnung zu haben, machte uns übermütig. Im Herd knisterte und krachte das Feuer. Wärme breitete sich aus.

In Höchst, das eine gute Stunde entfernt lag, wenn man den Weg über den Berg nahm, hatte die SS eine Woche lang versucht, den Vormarsch der Amerikaner im Kinzigtal aufzuhalten. Der Wind wehte die Detonationen der Granaten und das Knattern der Maschinengewehre über den Berg, und in der Nacht sahen wir die über den Fichten flatternden Helligkeiten hin und her schwanken. Nur für kurze Augenblicke tauchte ich in den Schlaf.

Dann, genau nach sieben Tagen, war es plötzlich wieder still, und die Krähen stolzierten mit wippendem Kopf über die speckig glänzenden Furchen der Äcker.

Ein Höchster hatte sich nach Kassel durchgeschlagen und berichtet, dass von seinem Dorf so gut wie nichts übrig geblieben sei. Die SS habe gekämpft, bis sie keine Munition mehr hatte. Ihm sei fast das Trommelfell geplatzt. „Wenn euch euer Arsch lieb ist, dann packt eure Sachen und verkriecht euch in den Wald. Und macht nur schnell, die haben Panzer, die sind schneller als 'ne kalbige Kuh, die zum Bullen will."

Der Höchster stand an die Wand des Bürgermeisteramtes gelehnt, atmete schnaufend, hörbar bis zur Kirche hin, vor der einige deutsche Militärlastwagen mit laufendem Motor standen. Er schien schwer zu arbeiten, bis er die Luft einpumpte und ausstieß.

„Verdrückt euch!" Er spuckte aus und strich sich die Haare aus der Stirn.

Ein vom Wind zerhackter Wortwechsel, laute Stimmen drangen von der Kirche herüber. In den weißen, stinkenden Abgaswolken der Lastwagen stand ein Offizier, blass, weiß und wutschnaubend, den roten Mund ohne jegliches Lächeln weit auseinander gezogen, umgeben vom Kranz seiner hellen, flachsnebligen Haare – wie ein von Hunden müde gejagtes Tier, die Zähne fletschend, wandte er sich an einen anderen Offizier, der mit beiden Händen eine vom Wind geblähte Karte hielt. Ich konnte nicht verstehen, was sie schrien. Nur ein Wort löste sich aus dem Lärm: Sinnlos!

„Verdrückt euch!", wiederholte der Höchster. Mit weit geöffnetem Mund stand er da und schaute den davonfahrenden Lastwagen nach.

„Die Wehrmacht hat die Nase voll."

Ich lief zu meiner Mutter und berichtete ihr, was ich erfahren hatte.

„Sie kommen."

Meine Mutter schüttelte den Kopf.

„Wir bleiben hier, wo wir endlich eine Wohnung haben, und da kriegt uns keiner raus."

Kanonenfeuer pochte an das Fenster.

Auch Weilers Anna, die gegenüber in einem kleinen Häuschen mit ihrer Katze lebte, hatte sich geweigert, mit den andern in den Wald zu ziehen. Als ich den Kopf durch ihr kleines Fenster steckte, um sie zu fragen, ob alles in Ordnung sei, war sie gerade dabei, eine Kerze unter dem Bild der Madonna anzuzünden. Auf dem Herd kochte Wasser in einem Kessel.

„Mit alten Weibern geht man nicht mehr in den Wald", erklärte sie mir. Sie holte ein Taschentuch aus der Schürzentasche und fing im selben Augenblick an zu weinen. Neben dem Küchenschrank hing die Fotografie ihres Mannes, der im Ersten Weltkrieg gefallen war: ein rundes Gesicht mit einem hochgezwirbelten Schnurrbart. Die Tränen hatten schon lange in ihrer Brust gekocht. Sie pressten das Herz zusammen, stiegen in den Hals hinauf und waren bereit, sich in Bächen zu ergießen. Ihre fette rötlich weiße Katze schnurrte um ihre Beine.

„Heilige Maria, die Menschen wollen mich nicht mehr, vielleicht will mich die Erde."

Weilers Anna ließ sich auf den Stuhl nieder, und das Weinen durchschüttelte ihren Körper. Ich war nicht mehr da für sie.

Der Karfreitag begann totenstill und nicht wie jedes Jahr mit dem schnarrenden Lärm der Holzklappern, die anstelle der Glocken zum Kirchgang einluden. Kaum hatte sich die Tageshelle gegen das Morgengrauen durchgesetzt, streifte ich durch die Hühnerställe der Nachbarschaft und sammelte Eier ein, die ich vorsichtig in einen Eimer legte. Meine Mutter kochte sie in einem großem Topf hart, und ich malte sie mit einem Pinsel an, den ich in mein Tintenfass tunkte. Plötzlich schepperten die Scheiben, und ein Hund begann zu bellen, bis sein Bellen sich in ein Winseln verlor.

„Sie kommen!", sagte meine Mutter vom Fenster aus. Ich stieß vor Aufregung mein Tintenfass um, so dass sich sein Inhalt über die Tischplatte ergoss und auf den Boden tropfte.

„Tritt nur nicht hinein!", warnte mich meine Mutter. Die Tintenkleckse wuchsen auf dem Linoleumboden und nahmen das Aussehen von Fratzen an. Mein Blick hüpfte über die frisch gestrichene Wand. Es roch nach Farbe.

Meine Mutter sah die Angst in meinem Gesicht.

„Hol den Koffer!", sagte sie enttäuscht.

Der Koffer stand neben der Tür und war noch nicht ganz ausgepackt. Am Mittwoch waren wir eingezogen, mit einem Koffer und sonst nichts. Das Leben sei ein Provisorium, hatte meine Mutter gesagt. Wir fühlten uns noch nicht recht zu Hause in der Wohnung. Ich hatte in der Nacht kein Auge zugemacht und nur auf den Lärm der Panzer gewartet. Zum Glück war das Kleinholz trocken genug, das ich am Abend zuvor hochgeschleppt hatte. Es knisterte, und ich sah die Flammen durch die Ritzen der Herdplatte.

Meine Mutter stand noch unschlüssig am Fenster, die Augen geschlossen, und zählte an den Fingern ab:

„Gehen oder nicht gehen …"

Ich sah ihre schmalen Finger. Einer stieß versehentlich an einen anderen.

„Also gehen wir!", murmelte sie, packte den Koffer, nahm den Mantel vom Haken und zog ihn an. Rote Flecken färbten ihre Wangen.

Als eine Granate in der Nähe einschlug, hörte ich kurz darauf das Flügelklatschen der Tauben, die sich in den Wind stürzten. Ich ergriff mit beiden Händen den Koffer und schleppte ihn, auf den Oberschenkeln wippend, die Treppe hinunter. Es roch nach Bohnerwachs, und das beruhigte mich. Kaum waren wir vor das Haus getreten, peitschten einige Gewehrschüsse den Wind und füllten das Tal mit ihrem Echo.

Ich holte das Fahrrad aus dem Schuppen und klemmte den Koffer auf den Gepäckträger. Erst hinter dem Haus, wo es in die Felder ging, stieg meine Mutter in den Sattel – und los ging es. Wie immer gelang es ihr, selbst bei der geringsten Geschwindigkeit das Fahrrad zu lenken. Wenn ich sie auf dem Rad durch das Dorf geschoben hatte, waren die Leute stehen geblieben und hatten gerufen:

„Haltet sie fest, sonst stürzt sie noch von ihrem Gaul."

Meine Mutter stürzte jedoch nicht, sondern behielt auf dem Rad ihre Würde. Sie saß nicht auf dem Sattel, sondern thronte und lachte die kritischen Angsthasen aus.

An diesem Freitagmorgen schnitt uns der frische Wind ins Gesicht, Frost zog uns in die Ohren, die Kälte drang in den

Mund und in den Hals. Ich presste die Lippen zusammen und atmete durch die Nase.

Wir waren etwa zwanzig Meter vorangekommen, als ein deutscher Soldat mit einer Panzerfaust über der Schulter zwischen Apfelbäumen hervortrat. Meine Mutter stieg vom Rad und winkte den Soldaten heran. Ihr Atem ging schwer, und sie hatte Mühe zu sprechen. Nach jedem Wort machte sie eine kleine Pause. Im Zorn schüttelte sie das Fahrrad.

„Willst du allein weiterkämpfen, wo alles verloren ist? Ist nicht genug Blut geflossen?", schrie sie, und ich wunderte mich über das DU, in das sie alle Verachtung hineinpackte, zu der sie fähig war. Sie konnte nicht weiterreden. Ihre Worte gingen in ein Husten über.

Der Soldat stand da, wie in den Grund gebohrt durch die Worte meiner Mutter. Mit der Hand forderte er uns auf, zu verschwinden. Es ginge uns einen Scheißdreck an, was er tue, schrie er.

„Und wer gibt die Befehle?", schrie meine Mutter zurück und stützte sich schwer auf das Lenkrad.

Der Soldat schüttelte unwillig den Kopf und trat zurück. Offensichtlich hielt er uns für verrückt. Meine Mutter blieb noch eine Weile schwer atmend stehen, dann gab sie mir ein Zeichen, dass ich sie weiterschieben solle. Der Koffer hing schief auf dem Gepäckträger.

Gerade als wir in den von Krüppeleichen umsäumten Hohlweg einbiegen wollten, wo wir Schutz gehabt hätten, sah ich, wie drei Panzer wie riesige Mistkäfer auf uns zukriechen, hinter ihnen mit geschwärzten Gesichtern einige Amerikaner, das Gewehr wie eine Wünschelrute in der Hand. Sie schrien: „Stop!", als sie uns entdeckten. Meine Mutter stieg umständlich vom Rad und schlug mit der rechten Hand den Mantelkragen hoch. Krähen hoben sich schwerfällig aus den Ackerfurchen.

Ich hob die Hände hoch, wie ich es in Kriegsfilmen gesehen hatte, und das Fahrrad fiel um. Es klingelte, als es auf dem Boden aufschlug.

„How do you do?", stammelte ich, wie ich es in der ersten Englischstunde gelernt hatte. Der Amerikaner, der mir am nächsten war, trat auf mich zu und lachte, dass ich seine weißen Zähne sehen konnte. Er fuhr mit der linken Hand über meine Jacke, griff mir unter die Achseln und drehte mich um. Sein Gewehr lag in der rechten Armbeuge.

Zu meinem Rücken sagte er: „Okay!"

Ich wagte nicht, mich umzudrehen, so dass er mich mit dem Gewehrlauf wieder in meine Ausgangsposition zurückdrängen musste. Meine Mutter ließ er unbehelligt.

‚Der Krieg ist aus', sagte ich im Geiste vor mich hin. Immer wieder: ‚Der Krieg ist aus, der Krieg ist aus.'

Ein metallenes Geräusch ließ mich zusammenfahren. Der Turm des vordersten Panzers drehte sich langsam und richtete seine Kanone auf die Apfelbäume, wo wir hergekommen waren. „Der Wahnsinnige!", schrie meine Mutter, und ein Zischen schoss über unsere Köpfe hinweg. Hinter den Panzern flog mit einem dumpfen Knall Erde in die Luft. Maschinengewehrfeuer fegte über die Felder. Der deutsche Soldat warf die Panzerfaust weg und blieb für einen Augenblick wie eine Statue stehen, dann knickte er in den Knien ein, drehte sich halb um seine Achse und stürzte zu Boden. So plötzlich wie die Schießerei angefangen hatte, hörte sie wieder auf, und die Amerikaner, die sich in die Ackerfurchen geworfen hatten, stemmten sich hoch und schritten von allen Seiten, das Gewehr gegen die Hüfte gestemmt, auf den am Boden liegenden deutschen Soldaten zu, der sich nicht mehr rührte. Meine Mutter, die sich nur hingekniet hatte, fasste meine Hand und drückte sie.

„Mein Gott!" Entschlossen stand sie auf und wischte den Schmutz von ihrem Mantel. Von der Kälte waren ihre Wangen ganz violett.

Ein Amerikaner stieß den Stiefel in die Seite des deutschen Soldaten, wälzte ihn auf den Rücken und schrie den anderen etwas zu, was ich nicht verstand. Ich hatte mein ganzes Englisch vergessen, das ich in der Schule gelernt hatte. Es hätte mir auch nicht geholfen. Unsere Lektionen handelten von einem anderen Leben.

Eine große Leere breitete sich in mir aus. In meinem Magen rumpelte es, aber mein Hunger hatte kein Ziel.

„Sag was!", flüsterte mir meine Mutter zu. „Schrei was! Ich will hören, dass du noch lebst."

Ich versuchte ein Lächeln. Von beiden Seiten strich der Westwind heran, schlug über meinem Kopf zusammen und hob die Zweige der Apfelbäume. War das die Zukunft? Die Zeit nur Wind?

Der Amerikaner stand noch immer neben dem deutschen Soldaten. Er hatte den Stahlhelm abgenommen und rieb sich den kahlen Schädel. Erst jetzt erkannte ich, dass es ein Farbiger war, hoch gewachsen und mit breiten Schultern, eine unbeschreibliche Seltsamkeit. Er redete gegen den Wind mit seinen Kameraden, ging in die Knie und nestelte an der Uniform des deutschen Soldaten herum. Einer schrie: „Okay!", und kam auf mich zu. Zu meiner Verblüffung erklärte er mir in gekautem Deutsch, dass ich den Toten wegschaffen solle. Ich würde schon jemanden finden, der mir helfen könnte.

„Sehen Sie nicht, dass er noch ein Kind ist?", schrie meine Mutter und zog mich zu sich heran.

Der Amerikaner winkte ab.

„Kinder haben gegen uns gekämpft."

Ehe meine Mutter antworten konnte, riss ich mich von meiner Mutter los, rannte zu den Häusern am Rande des Dorfes und rief, so laut ich konnte:

„Ist jemand da?"

Ein Hund begann zu bellen, und ein alter Mann torkelte aus einem Haus. Er trug Manchesterhosen, die er mit der Hand hochzog, und eine grüne Jacke mit Hirschhornknöpfen. Klägliche Fassungslosigkeit spiegelte sich in seinen Augen. Er konnte sich kaum auf den Füßen halten und roch nach Schnaps. Als er meine Mutter erblickte, die mir gefolgt war, machte er einen Kratzfuß und lallte:

„Ist der Endsieg geschaaaft? Und wie geht's weiiiter?"

Ich deutete auf die Apfelbäume und sagte:

„Da liegt ein toter deutscher Soldat, den wir beerdigen müssen, und dazu bräuchte ich auch einen Schubkarren."

„Bin ich ein Totengräber, Jungchen? Ich bräuchte eine Flasche Cognac, echt französischen Cognac, um auf den Endsieg trinken zu können. Es dauert nicht mehr lange, Jungchen. Glaub mir, es dauert nicht mehr lange. Ein Deutscher muss etwas zu trinken haben, sonst versteeeht er die Welt nicht. So ist das nääämlich."

Der Amerikaner, der mich aufgefordert hatte, den toten Soldaten auf den Friedhof zu karren, näherte sich mit dem Gewehr im Anschlag.

„Wer issen das?", lallte der Alte, machte einen Schritt, stolperte, verlor das Gleichgewicht und tastete mit den Fingern um sich. Kriechend setzte er sich in Bewegung, seine Arme griffen aus und seine Hände krallten sich in das Gras. Die Haut über seinen Backenknochen spannte in bläulichem Schimmer.

Der Amerikaner hielt ihm das Gewehr an den Hals und hob die Kehle hoch.

„Was ist los?"

„Zu Befehl, nichts, gar nichts, ich ergebe mich. Ich bin Zivilist. Verstehen? Zivilist."

Der Alte rappelte sich wieder hoch und reckte den Hals, so dass sich sein Adamsapfel vordrängte.

Ich hatte Angst vor dem, was gleich geschehen musste, und trat zurück. Aber es geschah nichts. Vielmehr sagte der Amerikaner etwas zu dem Alten, der darauf die Hacken zusammenschlug, auf die Scheune zutaumelte, das Tor aufriss und im dunklen Innern verschwand, um wenig später mit einem Schubkarren zu erscheinen.

„Befehl ausgefüüührt!", schrie er und fiel auf den Hosenboden. Ehe er sich wieder erheben konnte, hatte ich den Gurt um meinen Nacken gelegt und steuerte auf die Apfelbäume zu, wo die Leiche des deutschen Soldaten lag. Ich wagte nicht, ihn anzufassen, aus Angst, mich blutig zu machen. Die Amerikaner kamen mir jedoch zuvor und hievten den Toten auf den Schubkarren, und der mit mir deutsch gesprochen hatte, klopfte mir auf die Schulter: „Los! Du bist kein Kind mehr."

Das hatte ich in der letzten Zeit immer wieder gehört. Sah man mir denn an, dass ich erwachsen war? – Und was bedeutete denn überhaupt, erwachsen zu sein? Dass man Tote begraben musste?

Es war eine nebelreiche Zeit. Die Aprilwinde nahten schon in den bauschigen Wolken, die bleiern waren und leicht bläulich. Kam der Frühling? War der Frühling das Ende oder der Anfang? Mich fröstelte. Ich hob den Schubkarren an und brachte ihn in Fahrt. Der Tote rollte hin und her, und seine rechte Hand schleifte auf dem Boden. Ich vermied, so gut ich konnte, ihn anzuschauen, sah jedoch, wie mir Blut auf die Schuhe tropfte.

Meine Mutter folgte mir, hinter ihr der Alte mit einem übermütigen Gesicht, die Haare zerzaust. Es gelang ihm nicht, geradeaus zu gehen. Seine Kehle hatte er mit Schnaps geputzt, und er schmetterte, was das Zeug hielt:

„Ich hatt' einen Kameraden,
Einen bessern find'st du nicht..."

Er dirigierte seinen Gesang. Das war unser Trauerzug, und in dem Antlitz des Toten lag die Würde eines tiefen Schlafes. Ich hatte einmal gelesen, dass der Gehörsinn das letzte sei, was bei einem Sterbenden erlischt. Zuletzt röchelt er, das ist der letzte Naturlaut. Der Puls setzt aus, das pochende Herz steht still, Getränke fallen mit kollerndem Geräusch durch die gelähmte Speiseröhre in den Magen – der Organismus, so laut, so lärmend, so geschwätzig, hat ausgetobt, seine Stimme versagt, er schweigt.

So nach dem Buch war der deutsche Soldat nicht gestorben, der auf dem Schubkarren lag und hin und her geschüttelt wurde. Seine Brust war ein einziger Blutbrei, und von der Uniform waren nur die Knöpfe zu sehen.

Meine Mutter atmete schwer, presste die Hand gegen das Herz und blieb immer wieder stehen. Als wir unter unserer neuen Wohnung angelangt waren, legte sie mir die Hand auf die Schulter und sagte, weiter schaffe sie es nicht.

„Was für eine Welt, in der Kinder die Toten begraben müssen!" Sie strich mir mit der Hand ermunternd über die Wange.

„Komm gleich wieder zurück!"

Sie schüttelte den Kopf und ging langsam auf die Haustür zu. Als ich noch einmal zurückschaute, warf sie mir einen erstaunten Blick zu, und mir fiel ein, dass unser Fahrrad noch in den Wiesen lag.

Der Alte lief wie ein Hund hinter mir her und sang. In den kleinen Fenstern drückten sich Nasen der wenigen Daheimgebliebenen gegen die Scheiben. Keiner jedoch wagte sich vor das Haus. In den Blicken blinzelte der Argwohn. Hinter der Kirche bog ich in die Straße ein, die zum Friedhof führte. Sie stieg leicht an, so dass ich mich gegen die Last stemmen musste, um voranzukommen. Der Gurt schnitt in meinen Nacken, und meine Waden schmerzten. In der Ferne dröhnte Geschützdonner. Als wir am Friedhof angelangten, stießen sich die Krähen von der Mauer und überließen sich dem Wind, der sie wieder zur Erde hindrückte. Der Alte löste, noch immer singend, die Kette vom Friedhofstor und drückte die Flügel auf. Nur mit Mühe konnte ich den Schubkarren auf dem Kiesweg zwischen den Gräbern hindurchsteuern. Ich spürte Schweiß unter den Achseln.

Wo sollte ich nur mit der Leiche hin, wo sollten wir sie begraben? Der Alte schien auf dem langen Marsch bis zum Friedhof und in der kalten Luft wieder nüchtern geworden zu sein. Er trat fest auf und schlug keine Bogen mehr. Vor einem pompösen Grabstein blieb er stehen und las des Begrabenen goldenen Namen und die goldenen Jahreszahlen seiner Geburt und seines Todes laut vor. Dann trat er einen Schritt zurück und kratze sich ausgiebig den Kopf.

„Jetzt bleibt uns nichts anderes übrig, als selbst ein Grab zu schaufeln. Aber erst müssen wir das Werkzeug dafür haben. Für alles gibt es Werkzeuge, die Zange für die Geburt und die Schaufel für das Grab."

Er ließ mich mit dem Toten allein. Aus dem Dorf hörte ich das Kettengeklapper der Panzer und über mir das Geschrei der Krähen. Es dauerte eine Weile, bis der Alte wieder erschien, hinter ihm auf Krücken Stettners Alois, der im Ersten Weltkrieg sein rechtes Bein verloren hatte und auf Krücken ging. Als er den Toten auf dem Schubkarren erblickte, lehnte er die rechte Krücke gegen einen Grabstein und bekreuzigte sich. Dann wandte er sich, die Krücke wieder an sich reißend, an mich und ließ sich alles erzählen, wobei er mich immer wieder mit Fragen unterbrach. Als ich zu Ende war, sagte er:

„Das hat uns alles der verdammte Gefreite aus Österreich eingebrockt."

Er hob seine rechte Krücke drohend in die Höhe und erklärte dann dem Alten, wo er einen Pickel und eine Schaufel finden würde. Der Alte verschwand auf der Stelle, und in seiner Abwesenheit erzählte mir Stettners Alois wohl zum zwanzigsten Male, wie sie ihn in Rumänien beinahe beerdigt und sich schließlich mit seinem Bein begnügt hatten.

„Und du wirst es nicht glauben, ich spüre es manchmal noch, vor allem bei einem Wetter wie heute. Es riecht nach Schnee." Er schaute zum Himmel.

„Der April hält uns zum Narren."

In der hintersten Ecke des Friedhofs, direkt neben der Mauer, hoben der Alte und ich das Grab aus. Wir wechselten uns ab, und wenn der Alte dran war, spuckte er ausgiebig in die Hände.

„Da stoßt ihr bestimmt nicht auf Knochen", hatte uns Stettners Alois versichert. Der Boden war lehmig, so dass riesige Klumpen am Pickel hängen blieben. Stettners Alois gab die Anweisungen. Mir riet er:

„Du musst mit dem Schwung gehen, sonst kriegst du das Reißen in den Muskeln."

Er machte es mir mit der Krücke vor. Der Alte stöhnte und kratzte mehr, als dass er schaufelte. Als das Loch groß genug war, um den Toten aufzunehmen, bluteten meine Hände. Ich fuhr den Schubkarren vor das Grab, in dem Erde speckig glänzte, und ließ den Toten in das Grab rutschen. Der Alte sprang hinterher und untersuchte mit gespreizten Fingern sämtliche Taschen des toten deutschen Soldaten. Aus der Brusttasche seiner Uniformjacke zog er die zerfetzte, blutverschmierte Fotografie einer Frau. Es waren nur noch ihre schwarzen Haare zu erkennen. Ihr Gesicht war ausgelöscht. Die Erkennungsmarke fand er nicht und murmelte:

„Das gibt es doch nicht, ein deutscher Soldat und keine Hundemarke."

Zu guter Letzt legte er dem Toten die Hände über der Brust zusammen und zog seine Beine grad. Ich hatte das Gefühl, dass die geschlossenen Augen des Toten mich anstarrten. Ich trat einen Schritt zur Seite und übergab mich an die Friedhofsmauer. Ekel und Müdigkeit höhlten mich aus. Was dann im Einzelnen geschah, nahm ich nur in Bruchstücken wahr. Es begann zu schneien. Stettners Alois hatte einen Pater geholt, der sich bei seiner Schwester im Dorf versteckt hatte. Er roch nach Äpfeln und trug eine Brille, hinter der seine Augen verschwammen. Er blieb lange vor dem Grab stehen, gab sich schließlich einen Ruck und sagte mehr zu sich als zu uns:

„Wenn wir tot sind, sind wir alle gleich, ob Katholik oder Protestant oder gar nichts."

Er faltete seine Hände – und jetzt war alles nur noch Latein, das alles in eine andere Welt hob. Während er betete, versuchte ich mir die Frau vorzustellen, von der auf der Fotografie nur die Haare zu sehen waren. Ich lehnte mich an die Mauer und beinahe musste ich mich, den Gestank des Erbrochenen in der Nase, wieder übergeben.

In den letzten Monaten war ich auf vielen Beerdigungen gewesen. Im Dorf folgte man jedem Toten auf den Friedhof. Man hatte Angst, ihnen nicht die Ehre zu erweisen. „Sie holen dich, wenn du nicht für sie betest!", sagte man.

Ich holte einen noch halbwegs frischen Kranz von der letzten Beerdigung und warf ihn über den toten Soldaten, so dass nur noch seine Stiefel frei blieben.

Der Pater schlug sein Gebetbuch zu, schaute zu den über dem Friedhof kreisenden Krähen und räusperte sich. Sein „Amen" klang so nachdrücklich, dass ich erschrak.

Als der Pater gegangen war, begann der Alte das Grab zuzu-schütten. Hinterher stieg er auf den Erdhaufen und trat ihn mit seinen Stiefeln platt. Das Relief seiner Sohlen zeichnete sich auf dem Lehm ab.

„Jetzt hat er seine Ruhe, und ich könnte eine Flasche Cognac vertragen. Ich bin ganz leer vom Durst."

Als ich in der Dämmerung nach Hause kam, saß meine Mut-ter am Küchentisch und schrieb an einem Brief.

„Ich weiß gar nicht, ob dein Vater überhaupt meine Briefe erhält. Aber ich muss alles aufschreiben. Die Zeit hat es so eilig, und wir sind viel zu mitgenommen, um alles behalten zu kön-nen, was mit uns geschieht. Fortwährend bohren sich neue Bil-der in unser Hirn. Gottlob, wir leben, und die überleben, müs-sen die Toten begraben."

Sie starrte mich für einen Augenblick an, schüttelte den Kopf und schrieb weiter.

Das Kratzen der Feder schläferte mich ein. Mein Kopf sank auf meinen rechten Arm, und ich schlief ein, ohne den Umweg über einen Traum zu nehmen.

Wie ich einen Gefangenen befreite, einen toten Soldaten begrub und einen Rat erhielt

Dimitrij konnte einen beladenen Heuwagen anheben, Dimitrij konnte auf den Händen gehen, Dimitrij konnte auch Deutsch, und so kamen wir ins Gespräch. Er war russischer Kriegsgefangener und arbeitete bei dem Bauern, genauer gesagt bei der Bäuerin (denn der Bauer war in Russland verschollen), bei der ich untergekommen war und auch mithalf, soweit das meine schwachen Kräfte erlaubten. Nun, ich konnte mich nicht beklagen, der Welt ging es nicht besser. Auf dem Bauernhof gaben vier Kühe Milch, ließen drei Schweine alljährlich ihr Leben, und einige Dutzend Hühner bemühten sich um Eier und den Hahn. Ich wohnte in einer nach geräucherten Schinken duftenden Dachkammer. Jeden Morgen um sechs pfiff Dimitrij, und ich kroch unter der rotweiß karierten Kissenlast hervor, wusch mich in einer blau geblümten Porzellanschüssel, zog meine einzige Hose an, stieg die wackelige Treppe hinunter und trat in die niedrige Stube, wo auf dem Tisch eine Tasse heiße Milch auf mich wartete. Die Arbeit fiel mir neben dem kräftigen Dimitrij nicht allzu schwer. Abends schlurfte er in unförmigen Holzschuhen zu seiner Unterkunft zurück und meldete sich bei dem Wachsoldaten; ich las alte Zeitungen und stockfleckige Landkalender, in denen Regen und Sonne vorausgesagt wurden.

Es war im März des Jahres 1945, als der Erkberg eine Nebelmütze trug, als der Bürgermeister erwog, ob die Zerstörung der Brücke über den Kasselbach die Amerikaner aufhalten könne, als das Wunder noch immer ausblieb und unser Volksempfänger an den üblen Nachrichten schließlich zugrunde ging, als Dimitrij von seinem Lager aufgeregt zur Arbeit kam und mir zuflüsterte: „Pass auf, die Deutschen gehen hops. Wer viel isst, muss viel scheißen. Aber sie werden mich nicht kriegen, denn ich türme." Er blinzelte, befeuchtete mit der Zunge ein sorgfältig abgerissenes Stück Zeitungspapier, auf dem einige Krümel Tabak lagen, rollte es zusammen und zündete es an. Auch ich hatte von der Bäuerin gehört, dass man die Russen wegbringen wollte. Das konnte viel heißen, und es war besser, zu handeln, als mit der Deutung von ‚wegbringen' viel Zeit zu vergeuden. Bei der Arbeit – wir stapelten Holz auf – besprachen wir die Einzelheiten. Ich hatte einen Schulatlas, der Europa im unschuldigen Zustand von 1928 zeigte: Deutschland war rot, Frankreich blau und Russland grün – die Karte von Hessen-Nassau zeigte in schulmeisterlicher Genauigkeit Vogelsberg, Spessart und Rhön, zeigte besonders die verlassenen Gegenden, auf die es ankam; kurzum, ich holte den Atlas aus meiner Kammer und schenkte ihn Dimitrij, der ihn unter seinem Hemd versteckte und grinste.

„Wenn ich den Weg vergesse", sagte er. Ich kehrte bald noch einmal in die Kammer zurück, angelte zwei knochenharte Blutwürste aus dem Rauchfang, hüllte einen Laib mehlbestäubtes Brot in meine Jacke und – legte alles wieder an seinen

Platz, als ich lautes Geschrei im Hof hörte. Dimitrij schrie, die Bäuerin schrie – andere schrien durcheinander. Ich bezog das Ganze auf mich, klopfte das Mehl von meiner Jacke und trat aus dem Haus. Dimitrij lehnte am Zaun und heulte, die Fäuste gegen die Augen gepresst.

Vor der Scheune des Nachbarhauses standen einige Frauen und tuschelten. Der Hund riss an der Kette und bellte mit gebleckten Zähnen.

„Heilige Mutter Gottes, Alexej hat sich erhängt", jammerte die Bäuerin und deutete mit der Hand auf die offene Scheune, aus der ein alter Mann herauskam, der eine Hand an die Kehle führte und den Kopf schüttelte. Alexej war Dimitrijs Mitgefangener, ein Georgier mit langen schwarzen Haaren und auf der Brust mit einer riesigen Tätowierung, die einen Adler mit ausgebreiteten Fittichen darstellte.

„Vor einem solchen Mann kann man sich fürchten. Ist er nun Mann oder ein Adler?", sagte die Bäuerin einmal, und Dimitrij lachte.

„Ein Adler ist auch gut."

Ich ging an den Frauen vorbei in das Halbdunkel der Scheune, als ich plötzlich einen Schatten auf mir spürte. Ich schaute hoch und sah Alexej mit eingezogenen Schultern und schlaffen Armen, den Kopf hochgerissen, an einem schmutzigen Seil hängen. Durch die zerrissenen Strümpfe bohrten sich die Zehen. Sein Gesicht glänzte bläulich. Die Augen standen weit auf. Ich konnte nicht wegsehen. Erst der kräftige Stoß des Wachsoldaten brachte mich zur Besinnung. Ich taumelte ins Freie zurück und übergab mich vor die Füße der Frauen, die entsetzt zur Seite sprangen.

Dimitrij packte mich an der Schulter. Ich hörte noch, wie der Wachsoldat aus der Scheune herausschrie: „Konnte ihn denn keiner abknüpfen?"

Noch am selben Tag ging ich wieder in die Kammer, holte die Würste, das Brot, kramte aus dem Schrank noch eine alte Jacke, die nach Mäusedreck roch, und übergab meine Beute Dimitrij: er stand im Stall und wartete auf mich, er war halb verdreckt durch die Kühe und zog sich um. Seine langen Beine leuchteten hell zwischen dem Braun der Kühe hervor. Er, der einen beladenen Heuwagen anheben konnte, küsste mich auf die Wangen, sagte etwas auf Russisch und schlüpfte durch die Stalltür.

Am Abend fehlten von den 46 Gefangenen nicht weniger als 31. Ich fühlte mich verlassen und wagte der Bäuerin nicht in die Augen zu schauen, aber sie musste alles gewusst haben, denn sie lachte über den Tisch hinweg. Ihre beiden Kinder saßen frisch gewaschen neben mir und bissen in fingerdick mit Latwerge beschmierte Brote, die ihnen von einem Ohr bis zum anderen reichten. Ich bekam keinen Bissen hinunter und starrte auf das Madonnenbild neben dem Radio, das unter dem Fliegendreck fast verschwand.

Gut eine Woche später, am Ostersamstag – Alexej hatte man am Rande des Friedhofs begraben –, kamen die Amerikaner. Die meisten Bauern waren mit Wagen und Vieh in den Wald geflohen. Die Ställe standen leer. Die Läden der Häuser waren geschlossen. Hunde schlichen mit eingeklemmtem Schwanz über die verschlammte Straße. Krähen hockten auf dem Apfelbaum vorm Haus. Die Bäuerin hatte sich mit den Kindern und der Schwiegermutter im Keller versteckt und betete den Rosenkranz. Ein kleiner Ofen knisterte zu ihren Füßen und warf rote Flecken an die schwitzende Steinwand. Ich dachte an meinen Tod. Durch meine dünngesessene Hose kroch Kälte. Eine Granate pfiff über die Dächer und detonierte hinter uns im Dorf. Ziegel klapperten. Ich blieb geduckt hinter dem Holzstoß stehen. Zu meiner eigenen Verwunderung hatte ich keine Angst, am liebsten wäre ich ins Freie gestürmt, um endlich den Schmerz zu spüren, auf den ich wartete.

Durch den grünfaulen Zaun sah ich einen deutschen Soldaten, der mit einer zornigen Handbewegung mich aufforderte, zu verschwinden. Hinter dem Nachbarhaus war das Dorf zu Ende. Ein Hohlweg schlängelte sich zwischen Brombeersträuchern und Holunder bis zum Wald hoch. Dort konnte ich einige Panzer erkennen, die unförmig wie Mistkäfer über die Felder krochen. Der Soldat verschwand hinter dem Feldrain. Ich hatte am Tage zuvor gesehen, wie die deutschen Soldaten das Dorf verließen, leblose Hühner hingen über ihren Schultern, ihre Waffen ließen sie in einer Scheune. Ich kauerte hinter dem Holzstoß und erwartete den Krieg. Meine Hände wärmte ich an der Brust. Obwohl ich noch nicht das Alter für einen Helden hatte, erfüllte mich eine seltsame Wichtigkeit. Plötzlich sah ich, wie einige fremden Soldaten aus dem Hohlweg heraustraten, lächerlich kleine Gewehre in der Armbeuge. ‚Jetzt‘, dachte ich, aber nichts geschah. Die Krähen breiteten ihre Schwingen aus und stießen sich von den Ästen ab. Das knatternde Rattern der Panzer kam näher. Den deutschen Soldaten sah ich nicht mehr, ich sah nur den emaillefarbenen Himmel und nackte Äste, die im Wind zitterten. Ich presste die Fingernägel gegen meine Brust – und schon war alles vorüber. Einige Amerikaner schlichen am Nachbarhaus vorüber auf unseren Zaun zu, über dem Säcke zum Trocknen hingen. Ich trat hinter dem Holzstoß hervor. Sie schrien mir etwas zu, das ich nicht verstand. Ich hob meine Hände über den Kopf und ging auf sie zu.

„How do you do?", stammelte ich und erschrak, als sie mich auslachten. In der Ferne klangen Schüsse ungleichmäßig auf. Ich dachte an den deutschen Soldaten. Die Bäuerin kroch mit ihren Kindern aus dem Keller und heulte.

„Nix Krieg", stammelte sie und zeigte auf ihre Kinder, die sich an ihrem Rock festklammerten. Ohne zu wissen warum, schämte ich mich. Ein baumlanger Amerikaner mit flatternden Ohrenschützern unterm Stahlhelm tastete mich nach Waffen ab. Seine Finger kitzelten mich, so dass ich mich zusammenkrümmte. Mein Taschenmesser ließ er mir. Ein Panzer erschien vor dem Haus, streifte den Zaun, der sich krachend zurückbog, und zermalmte einen alten Blecheimer.

Plötzlich sah ich oben auf der Höhe des Hohlwegs den deutschen Soldaten aufspringen, eine Panzerfaust hochreißen, aber noch ehe er sie abfeuern konnte, durchschüttelte ihn eine Maschinengewehrgarbe. Für einen Augenblick hing er mit ausgebreiteten Armen in der Luft und stürzte dann, ohne sich mit den Händen aufzustützen, und verschwand in einer Furche. Die Amerikaner stießen mich zu Boden und gingen auf die Knie, um wahllos in die Richtung des Soldaten zu schießen. Meine Ohren schmerzten. Nässe drang durch meine Kleider. Dann wurde es still. Pulverdampf strich über den Apfelbaum. Im Stall brüllten die Kühe und rissen an ihren Ketten. Ich erhob mich und sah, wie ein Amerikaner zu dem deutschen Soldaten hinlief, sich niederbeugte und mit dem Daumen nach unten deutete.

Die Bäuerin hatte ihren Rock vor die Augen gerissen und ganz vergessen, dass sie so in ihrem schweren Unterrock vor den Soldaten stand. Einer lachte. Ich presste meine Hände an die Brust, bebte und rührte mich nicht von der Stelle. Die Amerikaner durchstöberten die Häuser und holten die wenigen aus den Kellern und Verstecken, die im Dorf geblieben waren, meist alte Leute, die kleine Köfferchen trugen und mehrere Kleider übereinander gezogen hatten, so dass sie sich kaum bewegen konnten. Unter ihnen war ein Pater, dessen Augen hinter einer dicken Brille verborgen waren. Ihn forderten die

Amerikaner auf, den gefallenen Deutschen zu beerdigen. Der Pater hatte rote Bäckchen und trug wollene Pulswärmer. Er verbeugte sich, der Rosenkranz schlug gegen seine Knie. Als ich mich umwandte, fiel sein Blick auf mich – und so kam es, dass ich meinen ersten Menschen beerdigte. Wir luden den Toten auf einen Schubkarren, von dem er immer wieder herabglitt. Seine Uniform war von den Einschüssen ganz zerrissen. Die lehmverschmierten Stiefel schienen ihn am Boden festzubannen. Seine rechte Hand hatte Erde gegriffen. Die Fingerkuppen leuchteten wie bläuliche Halbmonde. Ich glaube, ich habe immer nur auf seine Hände gestarrt. Auf dem Weg bis zum nahen Friedhof kämpfte ich mit mir. Der Traggurt des Schubkarrens schnitt in meine Schulter. Der Pater hielt den Toten fest. Ich begann weiß Gott was zu singen. In meiner Achselhöhle spürte ich Schweiß. Ein alter Bauer half uns, im Friedhof ein Grab zu schaufeln. Der Tote trug keine Erkennungsmarke. In seiner Brusttasche fand sich unversehrt das Bild einer sehr schönen Frau und sonst nichts. Während der Pater betete, lief ich davon, bis ich völlig außer Atem war und nichts mehr denken konnte. Als Dimitrij Tage später, den schlecht gefärbten Militärmantel über der Schulter, wieder aufkreuzte, das Gesicht voller Bartstoppeln, sagte er: „Nun, Kleiner, was hast gemacht?" Er spuckte ein zerkautes Hölzchen aus.

„Einen Toten beerdigt", erwiderte ich der Wahrheit gemäß.

„Du machst dich." Er rieb sich die Hände und fuhr fort: „Krieg ist kaputt. Wo gibt es Schnaps, ich bin traurig. Man muss sich besaufen, wenn der Kopf noch auf dem Hals ist." Sagte es, legte den Arm um meine Schulter und erzählte mir von Frauen, dass ich mich schämte, noch so jung zu sein.

Über die wahre Laut-gestalt der Goethe-schen Gedichte

> „Ein deutscher Schriftsteller, ein deutscher
> Märtyrer!"
>
> *Goethe zu Eckermann, 30. März 1830*

Vorreden pflegen selten gelesen zu werden. Dieser Umstand,
den sie übrigens mit den bevorworteten Büchern oft gemein
haben, bringt mich auf den Gedanken, das Vorwort zu der kleinen Abhandlung ‚Über die wahre Lautgestalt der Goetheschen
Gedichte' Ihnen nicht vorzuenthalten. Ich bitte Sie also um
Nachsicht, wenn ich zunächst etwas ausführlicher von den
seltsamen, wenn nicht sogar ungewöhnlichen Ereignissen
berichte, die mit der Entstehung und dem weiteren Schicksal
des Manuskriptes verbunden waren.

Ihr Verfasser ist, um es gleich zu sagen, kein Stern am Horizont
der Goetheforschung. Seinen Namen werden Sie vergeblich in
den Goethebibliographien suchen. Gleichwohl war Gottlieb
Klingser ein unermüdlicher Goethekenner der Praxis. Als Schulmann versuchte er am Kaiser-Friedrich-Gymnasium zu Frankfurt in entsagungsvollen Jahren seine Schüler für Goethe zu
begeistern. Gottlieb Klingser – auch er, wie Sie noch sehen werden, ein gleichsam ohrenfälliges Argument für die These OMEN
EST NOMEN – entstammte einer alteingesessenen Frankfurter
Familie, die sich bis in Luthers Zeiten zurückverfolgen lässt. Am

2. April 1879 geboren, verließ er seine Heimatstadt nur zum Zwecke seiner Studien, die er in Heidelberg und Marburg ausführte. Seinen sich schon sehr früh bemerkbar machenden Enthusiasmus für Literatur verdankte er zweifellos dem Beruf seines Vaters. Dieser besaß in der Schillerstraße einen gut gehenden Zigarrenladen – das Haus wurde 1944 durch Bomben zerstört –, und es war, wie Gottlieb Klingser selbst in einer launigen Kurzautobiographie anlässlich seiner Versetzung in den Ruhestand sagte, „der die Phantasie reizende Qualm der von zarten Frauenhänden gerollten Zigarren, der mich zur Dichtung hinführte."

Freilich fanden seine eigenen frühsten poetischen Ergüsse nur den Beifall einer schwerhörigen Tante, die ein Opernabonnement hatte und für alle Künste und Künstler schwärmte. Die Versuche seiner Studentenzeit, mit ein paar Paul Heyse nachempfundenen Erzählungen einen Verleger zu finden, schlugen fehl. So blieb Gottlieb Klingser nichts anderes übrig, als seine Poesiebegeisterung nicht kreativ, sondern gefühlig, forschend und didaktisch zu nutzen. Er promovierte mit einer Arbeit ‚Über den Klangleib Goethescher Gedichte', und er blieb dem Werke des großen Frankfurters zeitlebens treu. So sammelte er Goetheerstausgaben, Goetheliteratur und Goetheanekdoten, lebte ganz nach und mit Goethe, wenn ihm auch die erotischen Höhenflüge seines Vorbildes versagt blieben. Gottlieb Klingser blieb unbeweibt. Seine einzige Liebe galt Goethe – und er entwickelte sich in seinen reiferen Mannesjahren nachgerade zu einem zweiten Eckermann, der jedoch aus chronologischen Gründen auf den belebenden Umgang mit dem leibhaftigen Meister verzichten musste, was ihn nicht daran hinderte, Goethe sehr ähnlich zu werden. Seine Schüler nannten ihn halb respektierlich, halb despektierlich „Goethe den Zweiten".

Sie litten unter seiner Begeisterung, die selbst vor der Forderung nicht Halt machte, Goethe in- und auswendig lernen zu müssen, um ihn zu den besonderen Gelegenheiten des Lebens parat zu haben. Vor allem legte er größten Wert darauf, die Gedichte Goethes in ihrem frankfurterischen Urklang zu beherrschen und nicht in der sterilen hochdeutschen Version, aus der jede chthonische Unmittelbarkeit herausgenommen ist. Für ihn war eben Goethe „e Frankforter in de Verklärung", wie es Friedrich Stoltze einmal so schön gesagt hatte, dessen Behauptung übrigens:

„In jedem von uns steckt e Goethe, drum nix Schlechtes!
Er kann nor net eraus, dess es de Schawernack."

nachgerade auf Gottlieb Klingser gemünzt zu sein scheint, wenn auch nur vorausahnend, denn Stoltze verstarb, ehe Klingser zu leben begann. Er zählte zu den wenigen Frankfurtern, bei denen das Goethische zum Durchbruch kam. Schon als junger Studienrat am Kaiser-Friedrich-Gymnasium hielt er Vorträge über die richtige Aussprache Goethescher Gedichte und ließ es sich nicht nehmen, höchstselbst Proben der richtigen Aussprache zu geben. Im ,General-Anzeiger' vom 27. November 1923 findet man im lokalen Teil eine sehr wohlwollende Besprechung eines solchen Vortragsabends im Steinernen Haus. Darin heißt es: „Die Goethekenner werden umdenken müssen. Gottlieb Klingser konnte stimmgewaltig beweisen, dass Goethes Lyrik erst durch den Frankfurter Tonfall ihre Erfüllung findet. Den ,Prometheus' musste der Vortragskünstler auf Wunsch des leider nicht sehr zahlreichen Publikums wiederholen." Gottlieb Klingser konnte nie ein großes Auditorium für sich begeistern. Seine Zuhörer waren in der Regel meist Frankfurter, die den Wohlklang ihrer Mundart für eine lyrische Offenbarung hielten. Die Wissenschaft nahm keine Notiz von der wahren Lautgestalt der Goetheschen Gedichte, so dass

Gottlieb Klingser alle Voraussetzungen erfüllt sah, sich als ein verkanntes Genie zu fühlen.

In einem Brief an Friedrich Gundolf vom 17. März 1926, den ich im Entwurf im Nachlass Klingers einsehen konnte, schrieb er sehr selbstbewusst: „Mir selbst ist die Goetheliteratur wohl ziemlich bekannt und vertraut. Seit über 20 Jahren bin ich durch einzelne kleine Aufsätze, die zu drucken bislang nur die ‚Altstadt', eine Publikation zur Wahrung Frankfurter Kulturgutes, die Ehre hatte, selbst darin verflochten, aber leider hat sich bis jetzt noch kein Goetheforscher meiner Thesen angenommen. Im Gegenteil: Ich erfuhr schnöde Abweisung. So gab mir Karl Justus Obernauer den Rat, ‚das Provinzielle angesichts des Ewigen nicht überzubewerten'. Ich frage Sie, verehrter Herr Professor, was ich davon halten soll?"

Ob Gundolf den Brief beantwortet hat, wissen wir nicht. Im Nachlass Klingsers war nichts dergleichen zu finden, wohl aber andere Briefentwürfe an bedeutende Goetheforscher der damaligen Zeit, die in einem ähnlich anklagenden Ton gehalten waren, und viele erwiesen sich identisch mit dem Brief an Gundolf.

Einen Trost jedoch hatte Gottlieb Klingser. Seine Schüler liebten seine Goetherezitationen „aus dem Geiste Frankfurts" und besaßen den Takt, ihn immer wieder zu einem Vortrag zu ermuntern, wozu sich Gottlieb Klingser nicht zweimal bitten ließ. Fast jeden Morgen drang seine Stimme in breitem Frankfurterisch mit den lockenden Zischlauten aus der Enge der Klassenzimmer durch das Gebäude des Kaiser-Friedrich-Gymnasiums bis zum Zoo hin. „Er goethelt wieder", sagten die Kollegen.

Gottlieb Klingser verbrämte sein Leben mit Goethe, und es gab keine Gelegenheit, die er nicht mit einem treffenden Zitat besiegelt hätte. Selbst in den Krieg zog er mit Goethe im Tornister – er ging mit einer Ausgabe der ‚Campagne in Frankreich' nach Galizien, wo er darunter litt, eine Welt vorzufinden, die Goethe nicht beschrieben hatte. Ein Fleckfieber entriss ihn der Front. In einem Breslauer Krankenhaus suchte er durch das Auswendighersagen Goethescher Verse im frankfurterischen Klangleib seine Genesung zu beschleunigen, was ihm den Luxus bescherte, in einem Einzelzimmer liegen zu können. Dies war sonst nur Generälen und höheren Offizieren vorbehalten. Gegen Ende des Krieges arbeitete Gottlieb Klingser, wieder genesen, an einer Goetheausgabe für die Front, zu der es jedoch nicht mehr kam. 1920 ertönte seine Stimme wieder durch die weiten Gänge des Kaiser-Friedrich-Gymnasiums. Er erzählte seinen Schülern, wie ihn Goethe vor dem Schlimmsten im Kriege bewahrt habe. Auch nahm er seine Vortragstätigkeit wieder auf und wurde zu einer Persönlichkeit, die ganz einfach, wie wir heute sagen würden, zum IMAGE Frankfurts gehörte. In dem Buch von Frankfurt, das Hans Reimann 1930 im Piper-Verlag herausbrachte, liest man in dem Kapitel ‚Wer ist's?': „GOTTLIEB KLINGSER (welch schöner Name für einen Rezitator!), ein etwas tonnenhafter Gymnasiallehrer, der sich dem Klangleib Goethescher Gedichte verschreibt. Er hat eine Ähnlichkeit mit Gerhart Hauptmann, der seit Jahren sich anstrengt, wie Goethe auszusehen: eine olympische Mähne, eine betonte Brust und einen schreitenden Schritt. Er liebt Goethe, sammelt Goethe und rezitiert Goethe, wobei er den größten Wert darauf legt, Goethe so zu sprechen, wie dieser sich selbst gesprochen hat. GOTTLIEB KLINGSER bringt die Goethebegeisterung, die die Frankfurter eher auf Sparflamme halten, wieder zum Lodern."

Das Eintreten der Nationalsozialisten für das Volkhafte und die lokale Eigenart der Dichtung machte Gottlieb Klingser, der darin eine Bestätigung seiner Thesen sah, zu einem enthusiastischen Parteigänger.

In der Werbeschrift ‚Frankfurt für alle‘, die die Stadt 1936 anlässlich der Römerbergfestspiele herausbrachte, hatte Gottlieb Klingser die Gelegenheit, seine Gedanken über den frankfurterischen Klangleib Goethescher Gedichte vor einem größeren Publikum auszubreiten. Er schrieb unter anderem: „Das frankfurterische Wort kommt nicht aus dem Verstand, sondern aus der blühenden Fülle seiner Einbildung. Es funkelt in den gebrochenen Farben seines Witzes, denn es ist im Verkehr der Rhein-Main-Gegend und an vielhundertjährigen Begegnungen mit den Völkern lateinischer Rasse zugeschliffen. Es leuchtet im Widerschein einer scharfen Beobachtungsgabe und hat die treffende Bildkraft des Redensartlichen. Es ist Natur geblieben und strotzt von saftigem Urwuchs des Wörtlichen. Es hat den Rhythmus des Gefühls, das die übergeordnete Lebensklugheit nicht aus dem Auge lässt. Das frankfurterische Wort hat die Form, die nicht aus Bildung und Kunst, sondern aus Natur und Gelegenheit stammt. Goethe hat es mit der Muttermilch eingesogen und zum Gefühlslaut seines Innersten gemacht.“

Auch jetzt wollte die Goetheforschung, sozusagen die Zunft, nichts von einem Goethe im Frankfurter Klangleib wissen. Enttäuscht, aber doch auch im Bewusstsein des Erreichten und des Richtigen erklärte Gottlieb Klingser Ernst Beutler, dem Leiter des Hochstifts, in einem Brief vom 17. September 1942: „So kam ich zu meinem Entschluss, ein Bild Goethes überhaupt aufzustellen, weil ich selbst für mich, im Gange meiner Entwicklung, das lebhafteste Bedürfnis eines solchen empfand und weil unsere Literatur bis jetzt eines solchen zu entbehren schien. Ich nahm mir dabei vor, die Beurteilung der Klangform nie von der Entwicklung des Inhalts zu trennen, denn ich glaube zu bemerken, dass viele Missurteile über Goethe ihren Grund in der Nachlässigkeit haben, sich den eigentlichen

Gehalt seiner Werke im frankfurterischen Klangleib nicht recht zu vergegenwärtigen. DENN GOETHE HAT FRANKFURTERISCH GESPROCHEN. In der Kunst sind Inhalt und Klangform unzertrennlich. Ich wünsche, dass man meinen Reproduktionen der Goetheschen Dichtungen zugestehe, die Eigentümlichkeit ihrer Klangform in der Einheit mit der ihres Inhalts zu veranschaulichen."

Ernst Beutler entgegnete recht bestimmt: „Wie sieht es denn dann mit den Wissenschaftlern aus, die die frankfurterische Mundart nicht beherrschen, wozu ich mich in aller Bescheidenheit auch zähle. Bringen Sie nicht Goethe mit ihrer Frankfurter Klangleibtheorie um seine Geltung in der Weltliteratur!!!"

Gottlieb Klingser konnte Ernst Beutler nicht mehr antworten. Er starb am 17. März 1944 während eines Fliegerangriffs im Keller seines Hauses Oberhainerstraße 6 an einem Herzversagen. Seine Goethesammlung hatte er vorsorglich in einem Forsthaus bei Grünberg im Vogelsberg ausgelagert, so dass sie samt seinen eigenen Schriften der Nachwelt erhalten blieb. Ein Neffe, der sie erbte, gab sie nach der Währungsreform bei Hauswedell in Hamburg zur Versteigerung.

Und jetzt wird es interessant!

Eine Sensation schien sich anzubahnen. Klingsers Goethesammlung enthielt eine Fülle von Goetheautographen bislang unbekannter Werke. Der 200. Geburtstag Goethes 1949 schien der geeignete Zeitpunkt, diese Neuheiten vorzulegen, als sich ein ehemaliger Schüler Gottlieb Klingsers meldete und zum Entsetzen der beglückten Experten, die schon ihre Gutachten veröffentlicht hatten, erklärte, dass sein verehrter Lehrer die Sprache sowie die Handschrift Goethes so souverän beherrschte, dass dieser mitunter selbst nicht seine eigenen Manuskripte von Goetheautographen zu unterscheiden wusste. Überdies, so fuhr er fort, habe sein verehrter Lehrer nur auf Papier des 18. Jahrhunderts geschrieben, um auf diese Weise sich besser in das Zeit- und Lebensgefühl Goethes einstimmen zu können. Die Beschaffung des alten Papiers muss ihn ein Vermögen gekostet haben!

Schadenfreude füllte für einige Wochen die Zeitungen, und der Besitzer der angeblichen Goetheautographen hatte nichts Eiligeres zu tun, als seine in Zweifel geratenen Schätze schnell wieder zu verkaufen, hatten sie doch jetzt noch den Bonus des Skandals.

Durch Zufall fiel mir aus dem Konvolut in einem Wiesbadener Antiquariat das Fragment eines Vortrags in die Hand, den Gottlieb Klingser 1929 wohl bei einer Goethefeierlichkeit gehalten haben muss, wo und wann genau ließ sich nicht feststellen. Es kann also durchaus auch sein, dass der Vortrag nie gehalten wurde.

So erlaube ich mir jetzt, Ihnen eine Probe davon zu geben. Ich besitze nur den Anfang. Das Ende muss ich Ihnen also vorenthalten, aber ich bin sicher, dass Sie sich aufgrund des Vorhandenen die Folgen ausmalen können, die ein Goethe im Frankfurter Klangleib haben könnte.

„Hochverehrteste!

Mein Beitrag zu Goethe, den zu ehren wir uns hier versammeln, will kaum mehr als notifizieren, was ich an anderem Ort und bei anderer Gelegenheit schon ausführlicher und wesensnaher festhielt. Es ist also ein herausgebrochenes Stück aus einer größeren Arbeit, die dem frankfurterischen Klangleib Goethes nachgeht. Denn als ich die hermeneutischen Konsequenzen, im Anschluss an frühere Arbeiten, wieder und wieder erwog, schien es mir doch nötig, den Evidenzgrad des Schlusses, den ich aus meinen philologischen und phonetischen Beobachtungen zog und in dem ich den erwähnten Ansatz zur Beurteilung des frankfurterischen Klangleibs Goethescher

Gedichte zentrieren ließ, so zu steigern, dass er den belesenen Goethefreund überzeugen muss. Aber meine Skrupel, die mir im Umgang mit Goethe immer in die Quere kommen – kann dies eine Folge meiner übergroßen Ehrfurcht sein? –, veranlassen mich, Sie zu bitten, vorläufig mit etwas sehr Vorläufigem vorlieb nehmen zu wollen, indem ich die Ergänzungsbedürftigkeit meiner Notiz Ihrer nachhelfenden Nachsicht anvertraue.

Goethe hat nie seine Mundart verleugnet. Sie war ihm die Sprache seiner ersten Empfindungen und Gedanken, lieblich im weichlautigen Zischen, beschwörend in ihren lichten ‚ei‘-Lauten, auftrumpfend in ihren langen, leicht nasalierenden Vokalen, skeptisch, misstrauisch in ihren stimmlosen ‚ssssssss‘. ‚Die Empfindung‘, so schrieb Goethe schon als Knabe, ‚strömt aus der Seele in die Zunge, und diese ist auf den Frankfurter Kammerton gestimmt.‘ Der Altfrankfurter liebte eine behagliche, breit erzählende Ausdrucksweise, untermischt mit wohlwollender, gutmütiger Grobheit. Die Umgangssprache des alten Frankfurts war reich an ungemein bildhaften, das Wesentliche treffenden Redewendungen und Gleichnissen. So sagte Goethe einmal zu Lavater, als dieser wieder einmal ins Schwärmen geriet: ‚Vorne gebabbelt und hinne kei Argumente.‘ Diese Redensarten, mit denen Goethe die Dinge wieder ins rechte Lot zu rücken wusste, verraten eine scharfe Beobachtungsgabe und viel Menschenkenntnis, zu der man in dem bunt bevölkerten Frankfurt damals herausgefordert wurde. Kraftausdrücke liebte Goethe. So charakterisierte er mit den Worten: ‚Er guckt so dämlich wie sei dappisch Großzeh aus de Strimp.‘, Friedrich Schlegel, der so gern an Heiligenbildchen kratzte, bis er selbst eins wurde.

Die Weimarer Hofgesellschaft fand wenig Gefallen an diesen Frankfurter Urworten. Frau von Stein warf Goethe einmal

vor, seine hehren Empfindungen auf diese Weise zu ‚fricassie-
ren'. Vor allem konnte sie seinen Scherzen, Schwänken und
Schelmereien keinen Geschmack abgewinnen, zumal diese wie
Kobolde die erhabensten Augenblicke durchtosten und die
süßen Erwartungen in die Irre führten. Noch in der Erinnerung liebte Goethe seine Scherze. So versetzte er einmal seine
Frankfurter Freunde und seine Angehörigen von Straßburg aus
in größte Sorge:

‚In frevelhaftem Mutwillen schrieb ich an einen Freund in
Frankfurt einen Brief, von Versailles aus datiert, worin ich ihm
meine glückliche Ankunft daselbst, meine Teilnahme an den
Feierlichkeiten (Ankunft Marie Antoinettes) und was dergleichen mehr war vermeldete, ihm zugleich aber das strengste
Stillschweigen gebot. Kurz darauf, als ich diesen Brief geschrieben, machte ich eine kleine Reise und blieb wohl 14 Tage aus.
Indessen war die Nachricht jenes Unglücks (im Gedränge wurden Menschen erdrückt) nach Frankfurt gekommen; mein
Freund glaubte mich in Paris, und seine Neigung ließ ihn
besorgen, ich sei in jenes Unglück mit verwickelt. Er erkundigte
sich bei meinen Eltern und andern Personen, an die ich zu
schreiben pflegte, ob keine Briefe angekommen, und weil eben
jene Reise mich verhinderte, dergleichen abzulassen, so fehlten
sie überall. Er ging in großer Angst umher und vertraute es
zuletzt unsern nächsten Freunden, die sich nun in gleicher
Sorge befanden. Glücklicherweise gelangte diese Vermutung
nicht eher zu meinen Eltern, als bis ein Brief angekommen war,
der meine Rückkehr nach Straßburg meldete. Meine jungen
Freunde waren zufrieden, mich lebendig zu wissen, blieben aber
völlig überzeugt, dass ich in der Zwischenzeit in Paris gewesen.
Die herzlichen Nachrichten von den Sorgen, die sie um mei-
netwillen gehabt, rührten mich dermaßen, dass ich dergleichen
Possen auf ewig verschwor, mir aber doch leider in der Folge

manchmal etwas Ähnliches habe zuschulden kommen lassen. Das wirkliche Leben verliert oft dergestalt seinen Glanz, dass man es manchmal mit dem Firnis der Fiktion auffrischen muss.'

Jetzt muss man sich diese launige Erzählung nur noch im frankfurterischen Klangleib vorstellen: mit den Frankfurter Pausen und Frankfurter Betonungen und mit den anheimelnden Nasallauten, die Spannung zu erwecken verstehen. Im Hochdeutschen fehlt diese akustische Vitalität des Genius loci. Im Hochdeutschen sind alle Katzen grau.

Wir wissen von vielen Zeugen, die aufzuzählen ich Ihnen ersparen will, dass Goethe zeitlebens tapfer drauflosfrankfurterte, so dass Friedrich Schiller, der seinerseits am Schwäbischen wie an einem Lebensfaden hing, ihn nur fragmentarisch verstand. Das mag dazu geführt haben, wie ich anzunehmen die Kühnheit besitze, dass zwischen beiden sehr bald Briefe getauscht wurden, eben weil sie anders einander nicht verstanden. Goethes Sprache, die laut gelesen erst ihre ohrschmeichelnde Vollkommenheit offenbart, lebt ganz aus dem Frankfurterischen. Wenn er im Furioso des göttlichen Einfalls seine Gedichte aufs Papier warf, pflegte er auf und ab zu gehen und sie laut und in seiner geliebten Muttersprache nachzusagen. Können wir dann, so frage ich Sie, liebe Goethefreunde, die hohen Verse ins Hochdeutsche herabzerren, wo ihnen jede Kraft, jede Klanggewalt abgeht?!

Wir müssen alles tun, um den frankfurterischen Klangleib der Goetheschen Gedichte zu bewahren! Wir sehr seine Lyrik durch einen frankfurterischen Zungenschlag gewinnt, mag ein Beispiel zeigen. Ich wähle mit Absicht ,Das Maifest', das in dem zweiten Bande der ,Iris', Düsseldorf im Januar 1775, zum ersten Mal abgedruckt wurde. Ich wähle das Gedicht auch aus dem Grund, weil Goethe zu dieser Zeit noch nicht den Versu-

chungen der höfisch glatten Sprache Weimars ausgesetzt war.
In ihm kommt also der frankfurterische Klangleib noch am
reinsten und besten zum Ausdruck.

Sie erlauben:

Wie herrlich leuchtet
Mir die Natur!
Wie glänzt die Sonne!
Wie lacht die Flur!

Es dringen Blüten
Aus jedem Zweig
Und tausend Stimmen
Aus dem Gesträuch.

Und Freud und Wonne
Aus jeder Brust,
O Erd, o Sonne!
O Glück, o Lust!

O Lieb', o Liebe!
So golden schön,
Wie Morgenwolken
Auf jenen Höhn!

Du segnest herrlich
Das frische Feld,
Im Blütendampfe
Die volle Welt.

O Mädchen, Mädchen,
Wie lieb ich dich!

Wie blinkt dein Auge!
Wie liebst du mich!

So liebt die Lerche
Gesang und Luft,
Und Morgenblumen
Den Himmels Duft.

Wie ich dich liebe
Mit warmem Blut,
Die du mir Jugend
Und Freud und Mut

Zu neuen Liedern
Und Tänzen gibst!
Sei ewig glücklich,
Wie du mich liebst!

Halten wir einen Augenblick inne, um den Wohllaut gebühr-
rend nachklingen zu lassen.

Werk wird lebendig, Sinn enthüllt sich. Seltne Stunde für
die Seltnen, die Ohren haben zu hören. Die Kunstfigur des
Gedichts, die zur reinen Natürlichkeit wurde, wandelte sich
auch im ästhetischen Erlebnis in eine höhere Erkenntnis. Es
ist wohl das Gedicht eines Geliebten, eines sich geliebt fühlen-
den Liebenden, das am entschiedensten die Begnadung, die
Hoffnung auf Erfüllung durch die Chiffren der Kunst zur
Einsicht als sprachlose Initiation feiert. Als das kritisch quasi-
religiöse Argument noch nicht so abgenutzt war, hätte man
von einem poetischen Credo des Liebenden gesprochen, für
den jedes Wort eine Offenbarung ist, ein Hinweis, eine Lo-
ckung.

Ein weich werbender Ton im lieblichen ‚sch'-Laut übernimmt gleich die Führung des Gedichts und bleibt roter Faden des Sinnes. Man beachte, wie sich gar in der zweiten Strophe der Reim nur durch das Frankfurterische herstellt. (Schon Max J. Friedländer bemerkt: ‚Wenn Goethe ein reineres Deutsch gesprochen hätte, wäre es ihm schwerer gewesen zu dichten. Seine Reime sind oft unrein.') Wir wissen es besser: Sie sind frankfurterisch!

Zweig – Gesträuch!

Das muss sanft gleiten, nicht hart enden wie im Hochdeutschen.

Zweig – Gesträuch!

Eine Dissonanz, die den natürlichen Liebesflüsterlaut des Gedichts ins Stolpern bringt, zu einem unerotischen Halt. Noch eindringlicher wirkt das Sanftweiche in dem Geständnis:

‚O Mädchen, Mädchen,

Wie lieb ich dich!

Wie blinkt dein Auge!

Wie liebst du mich!'

Würde man das ‚sch' wie ein hochdeutsches ‚ch' sprechen, käme das Glückhafte gar nicht zum Zuge, man würde nur das Mäulchen spitzen wie zu einem routinierten höfischen Handkuss. Nein, hier muss das ‚sch' klingen wie ein behutsames Ablassen von Dampf:

‚O Mädchen, Mädchen,

Wie lieb ich dich!'

Vergessen wir aber den Nasalton nicht, der dem Wort eine Aura der Bedrängnis verleiht. Die Vokale öffnen sich auf die Art und Weise wie Blüten, aus denen der Sinn duftet. Es macht übrigens gar nichts, wenn beim Sagen des Gedichts die Aussprache feucht wird. Liebende haben nahe ans Wasser gebaut.

Im Frankfurter Klangleib zeigt sich erst die Grazie des Gedichts, in dem die hellen Vokale der Freude mit den Dunkellauten der Lust sich abwechseln.

Entsagung sagt sich aber auch an. Die beiden letzten Zeilen sparen den Liebenden aus und sprechen nur von der Angebeteten.

,Sei ewig glücklich,

Wie du mich liebst!'

Hier nimmt das ,sch' einen beschwichtigenden, tröstenden Charakter an.

Das Gedicht ,Maifest' lebt von der Klangerotik des Frankfurterischen..."

Tragischerweise bricht hier das Manuskript ab, aber ich bin überzeugt, dass Sie, verehrte Goethekenner, ohne die Hilfe Klingsers den Gedanken weiterverfolgen können. Es ist ein revolutionäres Unternehmen, die Dichtungen unseres Klassikers, die heute in Buchform eine Renaissance erfahren, in ihrer ursprünglichen Klangform zu hören, vor allem in einer Zeit, in der die medienhektische Umgangssprache den Mundarten den Garaus zu machen droht.

Müssen wir nicht gerade dann um einen Goethe aus Frankfurt bitten?

Sie sehen, ich bin das Opfer meiner eigenen Fiktion geworden.

Goethe auf der Wolke

Nach einem Goethe-Gedächtnis-Essen zum 250. Geburtstag des großen Frankfurters, das aus Termingründen vom 28. August auf den 10. Oktober verlegt werden musste, bei dem ein deftiges Mahl, unter anderem Hammelkeule auf Teltower Rübchen, serviert wurde, musste ich feststellen, dass ich mir zu viel zugemutet hatte. Ein voller Bauch studiert nicht nur nicht gern, sondern schafft auch einen unruhigen Schlaf. So erging es auch mir nach diesem Essen im Frankfurter Ratskeller, und zudem träumte ich auch noch von Goethe, wie er in olympischer Pose auf einer Wolke saß und zur Erde hinuntersah, genauer auf seine Heimatstadt, die schon seit Monaten seinen Geburtstag feierte. Goethe und kein Ende – und kein Ende ohne Goethe. In meinem Traum führte er Selbstgespräche. Ich will versuchen sie wiederzugeben, soweit ich sie mitbekommen habe.

Dass es Goethe war, den ich hörte, verriet mir die Frankfurter Mundart, in der er genüsslich redete, mit Zisch- und Nasallauten, wie sie nur ein Frankfurter beherrscht. Sein Haar umwehte sein Haupt wie Flügel, und seine Augen blitzten. Er wirkte wie sein eigenes Denkmal.

„Ein Holz brennt", begann er, „weil der Stoff dazu in ihm vorhanden. Suchen lässt sich der Ruhm nicht, und alles Jagen danach ist eitel. Es kann sich wohl jemand durch kluges Benehmen und allerlei künstliche Mittel eine Art von Namen machen. Fehlt aber dabei das innere Juwel, so ist es eitel und hält nicht auf den anderen Tag. Ich kann mir schmeicheln, den Ruhm sehr schnell als Schatten hinter mir hergezogen zu haben, und ich habe mich dabei sehr wohl gefühlt. Doch die Frankfurter, die ich gut zu kennen glaube, haben mir immer einen Vexierspiegel vorgehalten. Sie konnten nicht vergessen, dass ich meinen Olymp in Weimar eröffnete und nicht bei ihnen. Es ist ein eigen Völkchen, immer auf einen prallen Geldbeutel aus, über Gott und die Welt räsonierend und schon allein darauf stolz, dass sie in Frankfurt geboren wurden, was sie seltsamerweise als ihre eigene Leistung ansehen.

Doch wie ich von meiner Wolke beobachten konnte, die mir für eine Ewigkeit zusteht, haben sie sich gebessert, nannten ihre Universität, auf die sie freilich sehr spät gekommen sind, Johann Wolfgang Goethe-Universität, sie nannten eine Straße nach mir, ein Gymnasium, eine Apotheke und was sonst noch! Selbst ein Denkmal haben sie mir nach langen Verhandlungen zugestanden, die etwas von einer Farce hatten. Aber heute befinden sie sich in einem Feierrausch. Es goethelt allenthalben, und es sollen schon wieder meine Gedichte in den Schulen auswendig gelernt werden. Wie vielversprechend wurden die Zurüstungen zu meinem 250. Geburtstag getroffen, was freilich nicht wenige dazu verleitete, mir einmal tüchtig am Zeug zu flicken. Johann Heinrich Merck sagte mir einmal: ‚Die Frankfurter haben ein böses Maul, das sie für eine physiognomische Verschönerung halten.‘ Recht hatte er, auch ich hatte ein gewisses Vergnügen, andere nicht so zu sehen, wie sie sich selbst einschätzten. Wie auch immer, ich war nachgerade gerührt, wie man meinen Geburtstag zu feiern gedachte. Kommissionen und wissenschaftliche Beiräte setzten sich zusammen und ergaben sich dem Gesellschaftsspiel des Brainstormings, das sich den

Luxus erlaubt, alle Fragen offen zu lassen. Zu meinem Erstaunen kam Geld zusammen, was immerhin den Verdacht stärkt, dass man in Frankfurt heute selbst unter dem Diktat des Sparens noch etwas für mich übrig hat. ODER FÜR SICH, denn es ist Sitte geworden, bei Feiern sich selbst tüchtig mitzufeiern. Es gab eine Zeit, der übrigens viele Frankfurter heute noch nachtrauern, in der die Frankfurter Würstchen berühmter waren als mein Name. Zugegeben, ich habe zeitlebens die Würste Frankfurts hoch geschätzt und sie mir sogar nach Weimar schicken lassen wie den Schwartenmagen, aber dass Würste den Ruhm einer Stadt ausmachen können, wollte mir nie einleuchten.

Doch blieb mir nach meinem Tode nicht erspart, dass ich auch mit ihnen in Verbindung gebrachte wurde. Mit allem wurde ich in Verbindung gebracht, mit dem Geld, mit Frauen, mit dem deutschen Sport, mit den Generälen, mit der Wolkenbildung, mit den deutschen Weinsorten und mit ich weiß nicht womit noch, und kein Redner, kein Feuilletonist, kein Skribent wagt es, ohne ein Zitat aus meinem Werk auszukommen, was sie freilich nicht davon abhält, mich falsch zu memorieren. Ich sollte mich geschmeichelt fühlen, doch leide ich unter ihren Missgriffen, Missdeutungen und Missverständnissen. Was mich besonders ärgert, ist, dass sie, was den Ursprung der Farben anbelangt, mir immer noch Newton vorziehen, und dass sie mir den Faust coupieren wie einen Pudel. Man hat mich mit einem erdrückenden Universalismus umgürtet. Der Ruhm der Würste ist inzwischen auf mich übergegangen. Das hat die Frankfurter auf die Idee gebracht, nicht mehr nur Frankfurt zu sagen, sondern mit dem Zusatz ‚Die Stadt Goethes'. Wenn das mein Vater hätte erleben können. Es wäre ihm leichter mit seinem Bürgersinn geworden. Auch konnte ich von meiner Wolke aus beobachten, wie sich manche gar bemühten, mir ähnlich zu werden. Friseure empfahlen den Goetheschnitt. – Und meine Kollegen? Man kann ihnen Geist und Talent nicht absprechen, allein den meisten fehlt das Vermögen der leichten und lebendigen Darstellung; sie streben nach etwas, das über ihre Kräfte hinausgeht, und ich möchte in dieser Hinsicht sie forcierte Talente nennen.

Als hätten sie meine Vorbehalte ihnen gegenüber geahnt, mäkeln sie als rächende Antwort an mir herum und sagen: ‚Er hat immer nur an sich selbst gedacht.‘ Als ob das nicht die Voraussetzung des Dichtens schlechthin ist! Es gehört nun einmal zu den Usancen unter Dichtern und Skribenten, dass jeder am anderen etwas auszusetzen hat. Selbst Wissenschaftler und solche, die es nie werden können, versuchen den Goldstaub von meinem Standbild des Ruhms abzukratzen. Sie verlassen mit empörten Augen die Archive und arbeiten mich in den anderen Goethe um. Die Forschung wird erweitert. Aber je mehr man über mich und hinter mir herforscht, umso weniger begreifen sie mich, und umso weniger finde ich mich in ihren Büchern wieder. Da lobe ich mir den liebevoll nüchternen Engländer Nicolas Boyle, der nicht der Versuchung erlag, mich in einen modernen Dichter zu verwandeln. Die Nachwelt ist gewöhnlich eine Klatschtante. Wie das Neue, das stets dem Alten überlegen sein soll, zu sehen ist, haben Schiller und ich in dem Zweizeiler beschrieben:

‚Ehemals hatte man einen Geschmack. Nun gibt es Geschmäcke,

Aber sagt mir, wo sitzt dieser Geschmäcke Geschmack?‘

Ich weiß, ein jeder Mensch ist der Zeit verbunden, in der er lebt – und unmenschlich wäre das ganz Zeitlose und sein Werk ohne Zugänge. Wir haben keinen Grund, den Dichter davon auszunehmen. Ja, er scheint mir recht eigentlich von der Zeit durchdrungen zu sein und berufen, das Ewige, von dem in den Feiern anlässlich meines 250. Geburtstages so breitmäulig die Rede ist, in der zeitlichen Brechung aufzuweisen.

Es ist seine Fähigkeit, andere sagen sein Genie, das Vielfache und Verwirrende seiner Zeit wie in einem geschliffenen Spiegel zu sammeln und schärfer widerzustrahlen, das Namenlose zu benennen, das Ungeordnete zu ordnen, das Gesetzlose unter das Gesetz zu stellen. Die späteren Geschlechter halten sich zuerst an die Dichter, wenn sie den besten Bericht einer Zeit haben wollen, nicht so sehr eines Wissens wegen, als vielmehr, um sich wiederzuerkennen, sich zu bestätigen und im Gleichartigen zu sichern. Denn das Ungleiche verschwindet aus der Menschengeschichte – wie es schon die Bibel sagt: ,Nichts Neues geschieht unter der Sonne.' –, weil man sich nicht daran erinnern kann; es wird nicht mehr verstanden, mit keinem Nerv mehr verstanden – und darum vergessen."

Es erging mir wie Eckermann, der so viel festhielt, was der Alte sagte, dass er darüber vergaß, die Konsequenzen zu bedenken. Ich tauchte aus meinem Traum wieder auf und spürte, wie quälend mir inzwischen die Verdauung wurde. Was bedeutet uns Goethe heute? Ich habe viele Reden gehört und Vorträge, viele Gläser auf das ferne Wolkenwohl Goethes getrunken, viele Bücher durchblättert, wie wir es heute mit unseren Klassikern zu tun pflegen. Die moderne Hektik macht uns zu Seitenhüpfern. Hatte ich Goethe verstanden? Das Feiern ist selten ein Akt des Verstehens, noch nicht einmal uns verstehen wir dabei. Gut, man macht ein nachdenkliches Gesicht, schwitzt in der Menge und erschrickt, wenn wer lacht. Hat er Goethe verstanden? Oder vielleicht zu seinem Vorteil missverstanden? Das Kunstwerk, so wage ich zu behaupten, hat seine Bedeutung in sich selbst, kommt es an

Menschen, so setzen Beziehungen ein, für die man uns verantwortlich macht, aber wir und die anderen reden ganz verschiedene Sprachen, da gibt es keine Verständigung. Unser Dolmetscher wohnt auf dem Mond – er kennt die Urworte und hat die goldenen Waagschalen. Herrje – Feiern ist schwer!

Nachwort

Herbert Heckmann war ein großer Erzähler. Seine Geschichten sind auf den Schnittflächen von geschriebener Literatur und mündlichen Traditionen angesiedelt. Sein enormes Repertoire an literarischem Wissen war stets eingebettet in eine unverwechselbare Kultur des Sprechens, Zuhörens, Diskutierens. Er sprach ein Frankfurterisch, das er von gepflegt-schwach bis extrem-direkt je nach Anlass und Umgebung wunderbar zu variieren wusste. Er verfügte über einen unglaublichen Schatz an Redensarten, Anekdoten und Alltagsweisheiten, war aber auch eine nimmermüde Auskunftsstelle für biographische und bibliographische Hinweise aus den Tiefen der Literaturgeschichte. Hatte er in einem Antiquariat drei Restexemplare der legendären E. T. A. Hoffmann-Ausgabe in 15 Bänden von Eduard Grisebach entdeckt, konnte er sich über den Erwerb einer dieser Ausgaben erst freuen, wenn die beiden anderen an Freunde vermittelt waren. Herbert Heckmann war aber kein gemütlicher Babbel-Hannes. Wenn es ihm geboten schien, setzte es scharf geschnittene Urteile und sehr deutliche Kritik. Er praktizierte eine einzigartige Rhetorik der Freundschaft. Das heißt: Man konnte sich an ihn wenden, und immer gab es eine Antwort, die nicht selten den überwältigenden Charakter eines Geschenks besaß.

Es verwundert so auch gar nicht, dass Heckmann gern und häufig für den mündlichen Vortrag schrieb, mit der Stimme ins Ohr seiner Zuhörer schrieb. Das Radio war ihm daher ein geschätztes Medium. Nicht wenige der in unserer Auswahl publizierten Texte hat er für den Hessischen Rundfunk geschrieben, und einige haben akustische Geschichte gemacht, so stark war die Resonanz der Hörer. Drei Texte erscheinen hier zum ersten Mal im Druck.

‚Karfreitag' hätte Teil der Fortsetzung seiner unter dem Titel ‚Die Trauer meines Großvaters. Bilder einer Kindheit' (Frankfurt am Main 1994) erschienenen Autobiographie werden sollen. ‚Über die wahre Lautgestalt der Goetheschen Gedichte' wurden die Hörer von hr2 am 1. April 1987 informiert. Was aber nicht bedeutete, dass nicht etliche Hörer und manche Goethe-Kenner beeindruckt und verwirrt reagierten. Es gehört ja zum einschlägigen Popularwissen, dass sich „ach neige, du Schmerzensreiche" nur reimt, wenn man „-ge" und „-che" auf den Frankfurter Universallaut ‚sche' stimmt. Wie in Französisch ‚la neige' (der Schnee). Tatsächlich sollen ein paar Goetheaner der poetischen Verzweiflung nahe gewesen sein. Sollte man den lyrischen Lebensvorrat Goethescher Gedichte immer falsch rezitiert und memoriert haben?

Damit sind gleich zwei typische Merkmale der Schreib- und Redekunst von Herbert Heckmann benannt. Er sprach nicht nur Dialekt, er kannte sich auf diesem Gebiet auch aus wie kaum ein Zweiter. Und er war ein leidenschaftlicher Anhänger des April-Scherzes, zu welcher Jahreszeit auch immer. Seine Parodien und Satiren waren hieb- und stichfest. Und wer von seinen Hieben und Stichen getroffen wurde, konnte sich auf einen längeren Heilungsprozess einstellen. Das passte gut zu einer seiner Lieblingsbeschäftigungen, dem Pathos-Abbau. Sehr gern auch immer wieder in Sachen Goethe, bei dem er sich hervorragend auskannte. Sein wohl letzter Text, ein schön zugespitztes Resümee des Jubiläumsrummels zu Goethes 250. Geburtstag, wurde in der seinerzeit sehr geschätzten Kommentar-Reihe ‚Vom Geist der Zeit' am 17. Oktober 1999, einen Tag vor seinem Tod, gesendet.

In den sieben ‚Weinpredigten', die Herbert Heckmann 1987 als Deidesheimer Turmschreiber verfasste, wird der Gipfel der Mündlichkeit erreicht. Der Literaturpreis ‚Deidesheimer Turmschreiber' wird seit 1978 von der Stiftung zur Förderung der Literatur in Rheinland-Pfalz vergeben. Die Ausgezeichneten leben vier Wochen lang im Arbeitszimmer des Deidesheimer Turms und bekommen täglich eine Flasche Deputatswein. Ein sehr ordentliches Geldsümmchen rundet diesen schönen Preis ab. Muss erwähnt werden, dass Heckmann ein exorbitanter Weinkenner war? Bibliophilie und Vinophilie sind Geschwister, aber der Wein verbündet sich – klug und in Maßen getrunken – gern auch mit anderen Tugenden. Eine Kardinaltugend von Herbert Heckmann war die Freundschaft. Vielleicht sogar die anthropologische Basis seines gelebten Humanismus. In der Predigt mit dem didaktischen Titel ‚Wer Freunde sucht, ist sie zu finden wert' demonstriert er mit der rhetorischen Wucht barocker Kanzelrede, dass der Wein als Schmelzwasser egoistischer Verstocktheit, sinnlicher Vereisung und überhaupt hartnäckiger Dummheit das wichtigste Mittel eines richtigen Lebens sein kann. Ein Grundnahrungsmittel, wenn Essen und Trinken nicht blöde Selbstzwecke sind, sondern herrliche Mittel zum Zweck eines Lebens mit Freunden und in der Sprache.

Hier zeigt Heckmann sich als Nachfahre des barocken Predigers Abraham a Sancta Clara. Hier wütet er mit der Donnermacht geschliffener Schimpfrede und schreit den „schleichfüßigen Einzelgängern, Schimmel ansetzenden Eigentumsbewachern, solipsistischen Zitterköpfen" ins taube Ohr, worum es geht. Die Schimpfrede verbündet sich mit den allerkräftigsten Sprachspielen. Es geht um alles. Nur ein Freund ist ein ganzer Mensch und kein „Hälbling". Freundschaft ist das Salz des

Lebens, der Wein ist ihr Patron und Schatzmeister. Man muss diese Predigt laut lesen, um ihrer Wirkung teilhaftig zu werden.

In vielen Texten Herbert Heckmanns kann man karnevaleske Züge finden. So wie die katholische Kirche den Karneval mit seinen Ausschweifungen, Übertretungen auf Zeit und grotesken Vermummungen in den Jahreskreislauf zu integrieren verstand, so dient bei Heckmann ein reiches Arsenal an grotesken Elementen, satirischen und parodistischen Formen als eine Art Text-Karneval, der wie ein kleiner Teufel seinen Schabernack oder Schlimmeres treibt, um das Spektrum der Prosa voll auszuschöpfen. Auch der schwarze Humor ist ein Humor, und Heckmann versteht es meisterhaft, die Nachtseiten in der Existenz seiner Figuren auszuleuchten. Das tritt besonders in den ,sieben Todsünden' von 1964 hervor.

Zwei lagen ihm als einem barmherzigen Kritiker sinnlicher Verfehlungen besonders: ,Die Völlerei' und ,Die Wollust'. Die Texte beginnen mit einem Porträt des jeweiligen Dämons in der Manier barocker Frontispize, in denen die Essenz eines Romans, wie etwa beim ,Simplicissimus', verdichtet aufscheint. Das sind nun wahrlich groteske Figuren des Karnevals mit körperlichen Kennzeichen, die sich der jeweiligen Todsünde verdanken. Der Fresser bildet sich wie bei Rabelais in abnormen Vergrößerungen der einschlägigen Körperteile ab. Löffelohren, Gabelgebiss, fassbreiter Rumpf. Und natürlich eine fleischige Nase, die das Gesicht beherrscht beim Wollust-Dämon. Heckmann kannte auch die Dummheiten und Weisheiten des Volkes. Wie dann aber in den beiden ,Todsünden' der Protagonist Max geschildert wird, wie er sich im Strudel von Völlerei und Wollust, von Schuld und bösen Umständen verliert, das zeigt den barmherzigen Kritiker Heckmann als einen tiefen Menschenkenner und großen Menschenschilderer.

Aus Herbert Heckmann wollen wir bei aller Freude über seine gesprochene Literatur, seine Predigten und Mahnreden keinen Heros der Mündlichkeit machen. Und erst recht nicht etwa einen dialektgefärbten Geschichtenerzähler. Wir wollen aber festhalten, dass sein Kommunikationsstil immer auch sein Schreiben färbte. Dass er sich redend, erklärend, fragend und ohne jeden Dünkel unter die Menschen gemischt hat und dabei wohl alle Schichten der Gesellschaft berührte, merkt man seinen Texten an. Er war Schriftsteller, Professor für Deutsche Sprache und Literatur an der Hochschule für Gestaltung in Offenbach und von 1984 bis 1996 Präsident der Deutschen Akademie für Sprache und Dichtung in Darmstadt. Und er hatte Freunde unter den großen Autoren wie Ludwig Harig und Golo Mann ebenso wie unter den ‚kleinen Leuten‘, mit denen er kochte, Wurst machte, denen er auch seine Texte zur ersten Prüfung vorlegte. All diese Fähigkeiten und Fertigkeiten zeugen von einer außergewöhnlichen Wahrnehmungsschärfe, von einem physiognomischen Blick für alles Lebendige. Dazu gehören auch seine Kenntnisse auf allen Gebieten der bildenden Künste. Viele seiner Werke ließ er von befreundeten Künstlern illustrieren, er war ein vorzüglicher Vernissage-Redner.

Den Büchern schaute er gern auch auf den Leib. Von Buchgestaltung verstand er so viel wie von den Texten. Und die Musik. Er spielte Geige und kannte sich in der Musikgeschichte aus. Diese ausgeprägte Neigung zur sinnlichen Teilhabe an der Welt, zur scharfsinnigen Erkenntnis der Wirklichkeit scheint nun aber gar nicht zur anderen Seite von Herbert Heckmann zu passen. Zu Trauer, Traurigkeit und Melancholie, wie sie schon in einigen Titeln seiner Bücher zutage treten: ‚Die Trauer meines Großvaters‘, ‚Schwarze Geschichten‘, ‚Ein Bauer wechselt die Kleidung und verliert sein Leben‘. Es wäre zu einfach, seine Passion für die Barockliteratur ins Feld zu führen; schließlich handelt seine Dissertation von 1959 von den ‚Elemente(n) des barocken Trauerspiels‘. Gewiss springen Ähnlichkeiten ins Auge. Die Bilder von Pracht und Herrlichkeit der Welt mitsamt den Schatten von Eitelkeit und Hinfälligkeit, Glauben und Narretei, Schönheit und Verwesung. All diese Gegensätze waren Herbert Heckmann bis hin zu den eigenen ästhetischen Techniken nicht fremd. Grundiert ist das alles aber von der Erfahrung des Nationalsozialismus, des Krieges, dem Verlust der Frankfurter Heimat. Und gerade dies, die apokalyptische Erfahrung von Zerstörung und Massenwahn, Wut und Trauer angesichts des Fortlebens nationalsozialistischer Ideologien oder schlicht und ungeniert von Autoren oder Germanisten, die sich ihrer Nazi-Vergangenheit niemals wirklich hatten stellen müssen, hat zur Einheit von Melancholie und Humor, von gewitzter Sinnlichkeit und kluger Traurigkeit bei Herbert Heckmann geführt.

So betrachtet sind Melancholie und Daseinsfreude keine unvereinbaren Gegensätze. Vielmehr scheint die barocke Konstellation von Wahn und Eitelkeit auf der einen, sinnlicher Pracht und rhetorischer Fülle auf der anderen Seite bei Herbert Heckmann im Verhältnis von konkreter Geschichtserfahrung und reflektierter Lebensfülle wiederzukehren.

Die Hauptmerkmale der hier versammelten Geschichten von Herbert Heckmann aus nahezu fünf Jahrzehnten sind also das besondere Verhältnis von Schriftlichkeit und Mündlichkeit und jenes von Humor und Melancholie.

‚Ein Stiller im Lande‘ ist die pseudobiographische Darstellung des fiktiven Schriftstellers mit dem sprechenden Namen Gustav Wesen. Hier zieht Heckmann alle Register seines parodistischen Könnens und seines literaturhistorischen Wissens. Natürlich hat Heckmann ihn erfunden, aber es gab solche minderen Geister mehr als im Dutzend, die sich in ihren mageren, verquollen völkischen Texten mühelos von der Nazizeit in die Nachkriegszeit hinüberretteten. Die gekonnte Infamie Heckmanns besteht nun darin, dass er dem angeblich entdeckten Autor eine stattliche Phalanx von Germanisten zugesellte, die er sein wesentliches Geschwätz durch ihre dummen Kommentare nobilitierten ließ. Und diese feinen Germanisten wie Fritz Martini oder Hermann Pongs wirkten in der Nachkriegs-Germanistik munter und prominent weiter. Dirk Baldes, der unter dem Titel ,Ein humoristischer Melancholiker. Das Werk Herbert Heckmanns' 2006 seine Dissertation veröffentlicht hat, teilt mit, dass Golo Mann diesen Text ohne Wissen des Autors an die ZEIT weitergegeben hat, und zwar mit dem größten Vergnügen; denn er schreibt in ,Bücher, Bücher – meine Lust', der ,Freundesgabe zum 60. Geburtstag von Herbert Heckmann':

„Kaum je hatte eine halbstündige Lektüre mich so entzückt: die Verbindung von tief blickender Psychologie mit unbezahlbarer Komik. (…) Ich schickte es, ohne Herberts Erlaubnis, an die Redaktion der Hamburger ZEIT – nicht mit Empfehlungen, sondern mit Begeisterung."

Unter dem Pseudonym Fritz Schönborn erschien 1980 im Münchener Hanser Verlag Heckmanns ,Deutsche Dichterflora'. Das schlug ein. Da wusste jemand Bescheid. Wieder zeigt sich Heckmanns enzyklopädische Bildung; denn in der botanischen Welt kannte er sich eben auch aus. So gut, dass er mit sprachspielerischer Raffinesse mühelos pflanzliche Eigenarten auf Dichterkollegen ebenso projizieren konnte wie umgekehrt. Spötterei, Satire, Parodie ohne Selbstironie sind billige Verfahren, da sie den Urheber ausnehmen. Wenn man das ,Heckmännchen' liest, errät man nicht nur den Verfasser, sondern freut sich über die Fähigkeit, auch sich selbst durch den botanischen Kakao zu ziehen.

Aus dem ersten Erzählband von 1958 („Das Portrait. Erzählungen') haben wir fünf Geschichten ausgewählt, darunter Ultra-Kurzerzählungen, die einen experimentellen Humoristen verraten, der auf der Suche nach Ausdrucksformen ist. Kafka als Pate ist zu ahnen, aber das teilt Heckmann mit seiner Schriftstellergeneration. Die ‚Schwarzen Geschichten' von 1964 sind Heckmanns dritte selbständige Publikation. Horst Bienek hat in ihnen eine Nähe zum russischen Erzähler Nikolaj Leskov gesehen, wegen der „heiteren Leichtigkeit", der es keineswegs an Ernst mangele. Die Erzählungen enden oft mit der Vernichtung des Protagonisten. Hier übt sich der schwarze Humorist, das sei überhaupt die Farbe des Humors, meinte Heckmann. Auch aus der Barockliteratur hat Heckmann das Verfahren übernommen, die Welt auf den Kopf zu stellen, um der richtigen den Spiegel vorzuhalten. Oder in der grotesken Verzerrung nur eine kleine Korrektur der geraden Linien und allzu schönen Gestalten vorzunehmen. Bekanntlich sorgt erst die Krümmung der Linse für schärferes Sehen.

Ach ja, Heckmann war auch ein Projektemacher. Ein Zauberer, der sein Publikum mit Plänen schwindelig machen konnte. Bei produktiven Menschen sehen wir lässig darüber hinweg, dass von elf Ideen nur eine realisiert wird. Kommt darauf an, wie oft man elf Ideen hat. Sehr oft hatte sie Herbert Heckmann. Von der Zeitschrift ‚BrennGlas. Materialien aus dem Zettelkasten der Literatur, Kunst und Politik zu Themen der Zeit', die er 1980 gemeinsam mit dem berühmten Buchgestalter Jürgen Seuss gründete, erschienen bis 1983 nur fünf Ausgaben. Heckmann war nur bis Heft vier dabei. Immerhin publizierten dort solch bekannte Autoren wie Ludwig Harig, Peter Härtling oder Gerhard Zwerenz. In unserer Auswahl haben wir mit dem ‚Heimspiel' eine gute Einführung in die Kunst des Scheiterns geliefert.

Die Titelstory ‚Gedanken eines Katers beim Dösen‘ von 1984 ist ganz großer Heckmann! Katzenfreund zu sein ist für einen Schriftsteller wahrlich nichts Besonderes. Aber einen Kater als tyrannisch selbstbewussten Chef seines Halters zu porträtieren, mit mimetischer Schärfe vergessen zu machen, dass ein beschriebener Kater eine Erfindung des Beschreibers ist, seine souveränen Eigenschaften zuallererst Projektionen des Autors, das ist eine Kunst mit großer Tradition. E. T. A. Hoffmanns ‚Kater Murr‘ lässt ebenso grüßen wie Ludwig Tiecks ‚Der gestiefelte Kater‘ oder Gottfried Kellers ‚Spiegel, das Kätzchen‘. Dabei ist der Kater Murr die ausdrücklich genannte Vorbildkatze. Aber Heckmann will nicht wie der von ihm geliebte Hoffmann eine Parodie des Bildungsromans seiner Zeit liefern, sondern das Wunschbild eines autonomen (Katzen-)Subjekts zeigen, das sich mit einem Minimum an Erfüllung zufrieden gibt, mit „seliger Sattheit“ und kompletter Egozentrik. Ob diese Grundausstattung des dösenden Katers nicht eigentlich für die Katz ist, darüber kann man ja selbst mal ein wenig nachdösen.

Der Band ‚Ein Bauer wechselt die Kleidung und verliert sein Leben‘ erschien 1980 im Hanser Verlag. Unsere vier Auswahlgeschichten verweisen auf autobiographische Erfahrungen von Herbert Heckmann in Frankfurt am Main und nach der Bombardierung der Stadt in ‚Besenkassel‘, das Kassel als Ortsteil von Biebergemünd in der Nähe von Gelnhausen meint. Hier geraten wir ins Zentrum von Herbert Heckmanns epischer Heimat. Erst einmal war es die wirkliche Heimat, und über Frankfurt hat er so viele schöne Bücher und Texte publiziert und herausgegeben wie kaum ein anderer. Übrigens kannte er sich auch glänzend in der Literaturgeschichte der Stadt aus. Nach Besenkassel, einem Dorf, das immerhin über einen eigenen Dialekt verfügt, wurde er nach der Zerstörung seiner

Schule, des Goethe-Gymnasiums, durch Fliegerbomben 1944 evakuiert. Hier erlebte er mit dem Einrücken der amerikanischen Armee das Ende des 2. Weltkrieges als Befreiung vom Nazi-Regime. Am Grimmelshausen-Gymnasium in Gelnhausen machte er 1951 Abitur. Das Leben und Überleben in Besenkassel bietet die Folie vieler seiner Geschichten. Das war die Topographie des rettenden Dorflebens wie der schrecklichen Ereignisse kurz vor dem Einmarsch der Amerikaner. Hier fielen die letzten fanatischen Nazi-Soldaten ebenso wie die in die Endgefechte gejagten Jugendlichen. Hier haben die Berge Namen und die Leute heißen zum Beispiel Kleespieß wie der arme Bauer, der die List des Offiziers nicht durchschauen konnte, mit ihm die Kleider zu wechseln, damit man ihn für einen harmlosen Bauern halte. Eine Geschichte bringen wir in zwei Varianten: ,Das Opfer' und ,Wie ich einen Gefangenen befreite, einen toten Soldaten begrub und einen Rat erhielt'. Diese Doppelung mit unterschiedlichen Erzählperspektiven erschien uns ratsam, weil sie zeigt, wie Heckmann sich mit den traumatischen Kriegserfahrungen in der rettenden und furchtbaren Evakuierungsheimat wieder und wieder auseinandersetzte und neue Aspekte hinzufügte.

Von der Goethe-Stadt hat es ihn in die Kriegslandschaft des ,Simplicissimus' im Spessart verschlagen. Goethe und Grimmelshausen, das waren zwei seiner großen Bezugsautoren, über beide hat er mehrfach geschrieben.

Das ,Geheimnis der Wurst' ist ihr Inhalt. Wieder so ein entsetzlicher Scherz von Herbert Heckmann. Zwischen Groteske und Satire, Humor und Traurigkeit. In dieser Meistererzählung bekommen wir ganz nebenbei aus der Perspektive des kleinen Jungen an der Hand seines Großvaters eine Ahnung des Nazireichs, wie sie nur in großer Literatur begegnet.

Bereits im Societäts-Verlag erschienen:

Heiner Boehncke/
Hans Sarkowicz

Literaturland Hessen

416 Seiten, gebunden mit Schutzumschlag
ISBN 978-3-7973-0879-5
€ 19,90

Hessen ist das deutsche Literaturland. Die großen
Autoren wie Grimmelshausen, Lichtenberg, Büchner, die Brüder Grimm, die Brentanos, der „Struw-
welpeter"-Hoffmann und natürlich Goethe gehören
längst zur Weltliteratur. Aber auch Hessen selbst ist
Thema der Literatur geworden. Dieses Buch doku-
mentiert Leben und Schreiben der berühmten wie
auch der weniger bekannten Autorinnen und Autoren und geht den vielfältigen Spuren nach, die sie
hinterlassen haben. Es dient als Lesebuch, man
kann es aber auch als Reiseführer zu den Dichter-
häusern, Gedenkstätten, Bibliotheken und Archiven
benutzen.

Heiner Boehncke/Peter Brunner/Hans Sarkowicz

Die Büchners oder der Wunsch, die Welt zu verändern

168 Seiten, gebunden mit Schutzumschlag
ISBN 978-3-7973-1045-3
€ 24,90

Die Büchners

Dichter, Philosoph, Chemiefabrikant, Frauenrechtle-
rin, Literaturprofessor – die Familie Büchner weist er-
staunliche Talente auf. Der bekannteste Sohn ist
wohl der älteste: Georg Büchner, der berühmte
Dramatiker und Revolutionär. Aber der Facetten-
reichtum dieser hessischen Familie ist damit noch
lange nicht erschöpft.

Heiner Boehncke, Peter Brunner und **Hans Sarkowicz** dokumentieren in ihrem Buch die ereignisrei-
che Geschichte dieser außergewöhnlichen Familie
und greifen dabei auf neues, bislang unveröffent-
lichtes und zum Teil spektakuläres Quellenmaterial
zurück. Entstanden ist eine ebenso spannende wie
informative Lektüre!